Melissa Foster

Happy End für die Liebe

Eine Braden-Kurzgeschichte

Die Autorin

Melissa Foster ist eine preisgekrönte *New-York-Times-* und *USA-Today*-Bestsellerautorin. Ihre Bücher werden vom *USA-Today-Bücherblog*, vom *Hagerstown Magazin*, von *The Patriot* und vielen anderen Printmedien empfohlen. Melissa hat mehrere Wandgemälde für das *Hospital for Sick Children*, eine Kinderklinik in Washington, D. C., gemalt.

Besuchen Sie Melissa auf ihrer Website oder chatten Sie mit ihr in den sozialen Netzwerken. Sie diskutiert gern mit Lesezirkeln und Bücherclubs über ihre Romane und freut sich über Einladungen. Melissas Bücher sind bei den meisten Online-Buchhändlern als Taschenbuch und E-Book erhältlich.

www.MelissaFoster.com

Melissa Foster

Happy End für die Liebe

Die Bradens
Eine Kurzgeschichte

LOVE IN BLOOM – HERZEN IM AUFBRUCH

Aus dem Amerikanischen von Rita Kloosterziel

Die Originalausgabe erschien erstmals 2017 unter dem Titel
»Story of Love – A Braden Novella« bei World Literary Press, MD, USA.

Deutsche Erstveröffentlichung
2019 bei World Literary Press, MD, USA
© 2017 der Originalausgabe: Melissa Foster
© 2019 der deutschsprachigen Ausgabe: Melissa Foster
Lektorat: Judith Zimmer, Hamburg
Umschlaggestaltung: Natasha Brown

ISBN: 9781948868310

Liebe Leserinnen und Leser,

falls dies Ihr erstes Buch aus der Reihe *Love in Bloom – Herzen im Aufbruch* ist, machen Sie sich bereit, die liebenswerten und loyalen Bradens aus Weston in Colorado zu entdecken. Der Kurzroman *Happy End für die Liebe* ist eine wunderbare Gelegenheit, die ganze Familie kennenzulernen, und im Anschluss können Sie der Reihe nach die Liebesgeschichten der einzelnen Geschwister lesen. Eine vollständige Liste der Romane finden Sie am Ende des Buches.

Um immer auf dem Laufenden zu bleiben, abonnieren Sie meinen Newsletter:
www.MelissaFoster.com/Newsletter_German

Weitere Informationen zur Reihe finden Sie online unter:
www.MelissaFoster.com/Herzen-im-Aufbruch

Viel Lesevergnügen!

Melissa Foster

Eins

Riley Banks hastete die dunkle Gasse entlang. In einer Hand hielt sie eine Dose mit hausgemachten Brownies – *schließlich braucht jede Braut eine ordentliche Portion Nervennahrung* – und mit der anderen klammerte sie sich an ihren Verlobten. Wenn die letzten vierundzwanzig Stunden ein Vorgeschmack auf das waren, was ihr an ihrem Hochzeitstag bevorstand, würde sie mit dem bisschen Gebäck allerdings nicht auskommen. Um das Wochenende zu überstehen, wäre bestimmt eine ganze Wagenladung davon nötig. Warme Luft streifte ihre Haut, als sie die luxuriöse Hotelanlage auf den Bahamas hinter sich ließen, um einer Horde Paparazzi zu entwischen, die die Hochzeit des weltbekannten Modedesigners Josh Braden mit Spannung erwarteten.

»Das ist so albern, dass wir mitten in der Nacht davonlaufen, als wären wir Verbrecher. Dabei sind wir nur zwei vollkommen normale Leute, die heiraten wollen. Schließlich sind wir keine Promis.« Als Geschäftspartnerin und Co-Designerin von Josh war Riley fast ebenso berühmt wie er, obwohl sie sich selbst überhaupt nicht so sah. In ihren Augen war sie immer noch das Mädchen aus Weston, einer Kleinstadt in Colorado, das sich in den Mann verliebt hatte, für den es schon seit der Highschool schwärmte, und das zufällig ein Talent für das Entwerfen von Kleidern hatte.

»Kein Promi könnte dir das Wasser reichen, Baby.« Josh packte ihre Hand noch fester. Riley hatte Mühe, mit ihm Schritt zu halten.

Sie eilten zu der Straße, wo Joshs Bruder Hugh auf sie wartete, um sie zu einer abgelegenen Flugpiste zu bringen. Von dort aus würde ihr Schwager Jack Remington sie dorthin fliegen, wo die Hochzeit *tatsächlich* stattfinden sollte: Sterling House, ein weitläufiger Gasthof in den Bergen von Colorado, in dem schon Joshs Eltern geheiratet hatten. Mittlerweile war der Gastbetrieb eingestellt worden und so war Sterling House ideal für die Zeremonie. Es bot ihnen die ersehnte Privatsphäre und war zudem ein Ort, mit dem die Bradens aus Weston viel verband. Zum Glück half Joshs große Familie ihnen gerne, den Scharen von Paparazzi ein Schnippchen zu schlagen. Seine Verwandten aus Peaceful Harbor in Maryland und Trusty in Colorado waren allesamt zu der Hotelanlage gereist, wo die Hochzeitsfeierlichkeiten angeblich geplant waren. Als Stuntman war Joshs Cousin Jake es gewohnt, dass Journalisten und Fotografen Filmsets und Partys umlagerten. Er wusste genau, wie man sie ablenkte. So verschaffte er Josh und Riley die Gelegenheit, sich unbemerkt zu der heimlichen Zeremonie im kleinen Kreis davonzustehlen, die sie sich so sehr wünschten.

Plötzlich blieb Josh stehen und zog Riley in seine Arme. Liebe und Bewunderung schimmerten in seinen dunklen Augen, und Riley war kurz davor, ihn ins Hotel zurückzuzerren und ihn noch einmal zu lieben, bevor sie die wunderschöne Insel verließen.

»Willst du es dir noch mal überlegen, ob es klug ist, einen berühmten Modedesigner zu heiraten? Wenn du dir nicht sicher bist, verwandle ich mich vom Millionär zum Tellerwäscher und wir ziehen auf eine kleine Insel fernab von allen Paparazzi. Und dort leben wir bis ans Ende unserer Tage, splitterfasernackt und ohne einen Pfennig Geld.«

Riley ging das Herz auf. Sie liebte Josh schon so lange, dass sie sich gar nicht mehr daran erinnern konnte, ihn jemals nicht geliebt zu haben. Sie wusste, dass er alles für sie tun würde – sogar das fantastische Imperium aufgeben, das er geschaffen hatte, was sie nie, *niemals* von ihm erwarten würde. Obwohl die Vorstellung, splitterfasernackt mit ihm auf einer kleinen Insel zu leben, auch ihren Reiz hatte.

»An uns habe ich nicht den geringsten Zweifel, Josh. Das weißt du.« Sie betrachtete die funkelnden Lichter der Hotelanlage vor dem klaren Nachthimmel, dann das Kopfsteinpflaster zu ihren Füßen, und schließlich hob sie den Blick und sah ihm in die Augen. Ihr Herz machte einen Satz. Sie hasste es, dass die Presse sie zwang, von einem so romantischen Ort zu fliehen. Wenn sie ehrlich war, ärgerte sie sich oft über die ständige Präsenz der Medien, die mit Joshs Ruhm einherging. Sie wünschte sich nichts sehnlicher als ein ganz normales Leben mit ihm, wo sie durch den Park schlendern oder in ein Restaurant gehen konnten, ohne sich Gedanken machen zu müssen, dass Fotografen oder Reporter jede ihrer Bewegungen festhielten.

»Nur weiß ich nicht, wie man unter diesen Bedingungen Kinder großziehen soll«, sagte sie bestimmt zum x-ten Mal.

Josh legte ihr die Hand auf den Bauch und ihr Körper kribbelte vor Aufregung – und Sorge. »Ich kann es immer noch nicht glauben, dass wir schwanger sind.«

Als sie die Pille abgesetzt hatte, war ihre Periode zwei Monate lang ausgeblieben. Der Arzt hatte ihr versichert, ihr

Körper müsse sich erst auf die Veränderung einstellen und außerdem mit dem Stress zurechtkommen, den ihre komplizierten Hochzeitspläne mit sich brachten.

»Ich werde nie vergessen, wie der Arzt sagte, dass ich nicht schwanger werden könnte. Wir waren am Boden zerstört.« Nach drei Monaten ohne Menstruation hatte ihr Arzt alle möglichen Tests durchgeführt und ihr schließlich mitgeteilt, dass sie an einer seltenen Krankheit litt, die man Anovulation nannte. Sie hatte zwar Monatsblutungen, aber keinen Eisprung. Anscheinend hatte die Pille für einen regelmäßigen Zyklus gesorgt, doch sobald sie sie abgesetzt hatte und ihr Körper sich selbst überlassen war, blieb die Periode aus.

»Kaum zu glauben, dass es schon acht Wochen her ist.« Sie hatten noch um die Kinder getrauert, die sie nie haben würden, als ihr auf einmal morgens übel war. Weitere Tests folgten. Sie legte ihre Hand auf seine und dachte an ihr Hochgefühl, als klar wurde, dass sie schwanger war.

»Du bist mein medizinisches Wunder.« Er küsste sie sanft.

Ihr Arzt hatte sie als medizinische Anomalie bezeichnet und besorgt die Stirn krausgezogen. Dass ihre morgendliche Übelkeit sie nur zwei Wochen lang geplagt hatte, passte ebenso wenig ins Bild wie alles andere an dieser Schwangerschaft. Vorsichtshalber hatten Josh und sie beschlossen, ihren Familien vorerst nichts zu erzählen. Sie wollten das erste Trimester abwarten. Dann müsste die kritische Phase überstanden sein, wie der Arzt meinte.

Josh beugte sich herunter und küsste ihren Bauch, der noch keinerlei Rundung zeigte. Dann richtete er sich auf und gab ihr einen zärtlichen Kuss auf den Mund. »Klar, dass du dir Sorgen machst. Du weißt ja, dass ich mir gut vorstellen kann, für einen Teil des Jahres wieder nach Weston zu ziehen, wenn du das willst. Ich würde alles für dich tun. Für euch beide.«

Es stimmte, das würde er. Aber so sehr sie auch wünschte, ihre Kinder in ihrer Heimatstadt aufwachsen zu lassen, wo Familie und Freunde wohnten, konnten weder sie noch Josh abschätzen, welche Auswirkungen ein solcher Schritt auf ihre Firma haben würde. Außerdem fand sie es nicht fair, Josh zu einer derart einschneidenden Veränderung zu drängen. Die Frau, in die er sich verliebt hatte, hatte *alles* an seinem Leben akzeptiert, auch den Alltag in New York City und die Aufdringlichkeit der Medien, die damit einherging. Sie hatte schon ein schlechtes Gewissen, wenn sie nur vage in Erwägung zog, sich vom Zentrum des Modeimperiums wegzubewegen, das er aufgebaut hatte.

Trotz der Schuldgefühle pochte ihr Herz aufgeregt bei dem bloßen Gedanken, an zwei verschiedenen Orten zu leben. Sie fand die Idee faszinierend, konnte sich jedoch nicht vorstellen, wie das funktionieren sollte. »Ich weiß, dass du das tun würdest, aber die Kinder hin- und herkarren? Vorausgesetzt, wir haben das Glück, mehr als eins zu bekommen. Wie wäre das für sie? Und wenn sie in die Schule gehen? Wir müssten jemanden einstellen, der die Leitung des Unternehmens vor Ort über-nimmt, während wir weg sind, und ich möchte nicht, dass unsere Kinder von Kindermädchen aufgezogen werden, weil wir die ganze Zeit unterwegs sind. Ich will sie bei uns haben.« In ihrem Kopf ging alles durcheinander. Es gab so viel zu bedenken und niemand hatte einfache Antworten parat. Und zu allem Überfluss wollte sie im nächsten Sommer eine neue Modelinie auf den Markt bringen. Mit einem Baby ergaben sich auch dabei eine ganze Menge neue Fragen.

Sie legte sich die Hand schützend auf den Bauch und atmete tief durch. »Ich kann nicht einmal klar genug denken, um das alles auf die Reihe zu kriegen. Ich habe das Gefühl, vor einem Durcheinander aus lauter unbekannten Faktoren zu stehen, und —«

Josh brachte sie mit einem leisen Kuss zum Schweigen. Dann ließ er das sexy selbstsichere Lächeln aufblitzen, das ihr Innerstes immer wieder zum Flattern brachte. »Baby, das wird sich alles ergeben. Wir werden mit Treat und Max und Savannah und Jack und den anderen reden. Sieh dir nur Hugh und Brianna an. Sie reisen die ganze Zeit mit zwei Kindern umher. Und Dane und Lacy wohnen auf einem Boot. Sie sind nie länger als ein paar Wochen an einem Ort. Wenn meine Geschwister es schaffen, mit Kindern im Schlepptau zwischen mehreren Wohnorten hin- und herzupendeln, dann schaffen wir das auch.« Von Joshs fünf Geschwistern lebten nur sein Bruder Rex und dessen Frau Jade – Rileys beste Freundin – ausschließlich in Weston.

»Aber sie sind beruflich ganz anders aufgestellt und —«

Wieder drückte er seine Lippen auf ihre. »Psst, Schatz. Schalte dein schlaues Köpfchen mal einen Moment herunter. Mia ist seit Ewigkeiten meine Assistentin, und du weißt, wie gut sie das Büro im Griff hat und die Zeitpläne koordiniert. Es ist ja nicht so, als wären wir irgendwo am Ende der Welt ohne Internet oder Telefon. Wir können uns täglich mit ihr absprechen und jederzeit zurückfliegen, wenn es nötig ist.«

Sie klammerte sich an ihn, obwohl sie wusste, dass sie sich beeilen mussten, weil Hugh und Jack auf sie warteten. Josh war ihr Fels in der Brandung. Selbst im schlimmsten Chaos hatte er es bisher immer geschafft, sie zu beruhigen. Es gelang ihm wie von selbst, weiter zu sehen als bis zum Auge des Sturms und alle Sorgen zu zerstreuen. Außerdem war er der hilfsbereiteste Mann, den sie kannte, und daraus erwuchs für sie eine Verantwortung. Was war, wenn ihre Firma darunter litt, dass sie nicht vor Ort waren, um die Umsetzung der Designs zu überwachen? Und was war, wenn es hektisch wurde und in letzter Minute dringende Meetings anberaumt wurden, wie sie es schon oft genug erlebt hatte? Sie wollte nicht der Auslöser für Fehler sein, die ihrer Designfirma schaden könnten.

»Ich kann einfach nicht aufhören, über alles nachzudenken. Kannst du dir vorstellen, was für einen Beschützerinstinkt ich für unser Baby entwickeln werde, wenn wir in New York bleiben? Wahrscheinlich lande ich irgendwann im Gefängnis, weil ich einem Fotografen eins übergebraten habe. Oder ich verstecke das Gesicht des armen Kindes hinter einem Schleier, wie Michael Jackson, damit sein Konterfei nicht auf jedem Klatschblatt erscheint. Schon wenn die Welt ein Stück von dir will, fahre ich die Krallen aus.« Sie grinste verlegen und konnte kaum glauben, dass sie gerade etwas derart Kindisches von sich gegeben hatte.

Er lachte leise, ein verführerisches tiefes Grollen, das ihr eine Gänsehaut über den Rücken jagte. Sie waren seit Jahren zusammen und noch immer fand sie alles an ihm so aufregend wie bei ihrem allerersten Date. Er fuhr mit den Händen über ihre Hüften, hielt sie an sich gepresst – genau dort, wo sie am liebsten war – und fuhr zärtlich mit seinen Lippen über ihre.

»Sie wollen ein Stück von *uns*«, flüsterte er. »Du und ich, wir sind eins. Und ich weiß, wie sehr du all diese Aufmerksamkeit hasst. Ich hasse sie auch, und wahrscheinlich lande ich noch vor dir im Gefängnis, weil ich alles tun würde, um unsere Familie zu schützen.«

Seit sie ein Paar waren, hatten die Medien begonnen, auch Bilder von ihr zu schießen, selbst bei den banalsten Dingen wie beim Einkaufen oder bei Spaziergängen. Seitdem war Josh besitzergreifender als je zuvor.

»Aber wir haben noch ein paar Monate Zeit, bis es so weit ist. Und gerade jetzt« – sein Blick wurde sündhaft – »siehst du so heiß und sexy aus, während du dir Sorgen um unser Baby machst. Ich will auch ein Stück von *uns*.«

Er legte seine Lippen auf ihre und nahm sie in einem Kuss, der ihr Herz wild pochen ließ. Sie sank in die Wärme und Sicherheit seiner Arme und ihre Sorgen verblassten allmählich. Er packte ihren Hintern mit beiden Händen und drückte sie fester an seine wachsende Erregung. Beide stöhnten sie.

»Gott, ich liebe dich«, sagte er hastig zwischen zwei Küssen. Seine Hände wanderten an ihrem Rücken hinauf, während er den Kuss vertiefte.

»Lieber Himmel, immer dasselbe mit euch beiden.«

Beim Klang von Hughs tiefer Stimme zuckte Riley zusammen. Sie versuchte, sich von Josh zu lösen, doch der intensivierte den Kuss und ließ ihr keine andere Wahl, als seinen aufregenden Forderungen nachzugeben.

»Also wirklich«, brummte Hugh, obwohl Riley das Lächeln in seiner Stimme hören konnte. »Ihr könnt doch im Auto rummachen.«

Josh ging gar nicht auf Hughs Gemaule ein, sondern sah Riley ernst an. »Überlass die Sorge um die Zukunft ruhig mir. Du denk nur an unser wunderbares ...« Er formte ein stummes »Baby« mit den Lippen. »... Hochzeitsfest. Okay?«, fuhr er dann fort.

»Heiliger Strohsack«, grummelte Hugh. »Ja, sie hat's kapiert. Wir müssen los.« Er legte Riley eine Hand auf den Rücken und schob sie aus der Gasse. Wie alle Männer der Bradens hatten Hugh und Josh die dunklen Haare und Augen ihres Vaters und seine große, kräftige Gestalt. Nur ihre

Schwester Savannah hatte kastanienbraunes Haar und grünbraune Augen wie ihre Mutter.

»Wir müssen uns beeilen«, drängte Hugh. »Jake hat gerade angerufen und gesagt, dass sich die Fototypen zusammenrotten, weil jemand meinte, er hätte Riley in der Stadt gesehen. Sie könnten Wind von eurer Flucht bekommen haben.«

»Hände weg von meiner Frau, kleiner Bruder«, sagte Josh nur halb im Scherz, schob Hughs Hand weg und legte Riley stattdessen seine eigene Hand auf den Rücken. »Du bist meine hübsche *mama*«, flüsterte er ihr ins Ohr.

Ein kleiner Wonneschauer durchfuhr sie, als sie den zärtlichen Kosenamen hörte. Sie fand es erregend, dass er seine Ansprüche so deutlich geltend machte, auch wenn bei seinem sehr verheirateten, sehr treuen Bruder, der zudem zwei Kinder hatte, kein Anlass zur Eifersucht bestand.

»Die Fotografen haben nichts mitbekommen«, versicherte Riley den beiden, während sie eine leere Straße überquerten und auf Hughs Geländewagen zusteuerten. »Wir haben unseren Fluchtplan in letzter Minute noch ergänzt. Eure Cousine Emily und ein paar von den Mädels sollten in die Stadt gehen, sobald Josh und ich verschwunden waren, um die Fotografen abzulenken. Wahrscheinlich haben sie vergessen, Jake Bescheid zu sagen.«

Hugh schloss das Auto auf, während er Jake anrief und ihn ins Bild setzte. Josh kletterte auf den Rücksitz neben Riley und sie kuschelte sich an ihn.

»Bist du bereit, in den Sonnenuntergang zu reiten und unsere wilde Ehe zu beenden?« Sie las die Antwort in seinen Augen, noch bevor er ein Wort gesagt hatte. Nachdem sie mitbekommen hatte, wie Joshs fünf Geschwister und auch ihre beste Freundin Jade heirateten und eine Familie gründeten, konnte sie kaum glauben, dass sie nun endlich an der Reihe waren.

Sie verschränkte ihre Finger mit seinen und stellte sich ihr entzückendes, dunkelhaariges Baby vor. Ein Baby mit Joshs schönen Gesichtszügen und seiner unbekümmerten Natur und mit ihrem Eigensinn, der so typisch für ein Landmädchen war. Ein Anflug von Angst und die ewige Frage »Was ist, wenn?« schlichen sich ein. Sie hasste es, dass die Furcht, das Baby zu verlieren, dem glücklicheren Gedanken, ihr Kind im Arm zu halten und es zu lieben, immer wieder auf dem Fuße folgte. Seit sie wusste, dass sie schwanger war, bemühte sie sich, voller Vertrauen in die Zukunft zu blicken. Das war es, was ihre Mutter ihr geraten hatte, als sie sich in Josh verliebt hatte. Riley erinnerte sich daran, als sei es gestern gewesen. »*Das Hier und Jetzt ist das Einzige, dessen du dir sicher sein kannst ... Man muss Vertrauen haben und den Sprung wagen.*«

»Dazu bin ich schon seit Jahren bereit. Wie ist es mit dir?« Er beugte sich näher zu ihr und flüsterte: »Bist du bereit, lauter süße kleine Rileys mit haselnussbraunen Augen zu machen, die mich um ihre winzigen Finger wickeln? Und kleine Joshs, die uns lieber helfen, ihr Geburtstagsoutfit zu entwerfen, statt reiten zu lernen?«

Beim Klang von Joshs Stimme überschwemmte sie eine Woge der Erinnerungen. Sie dachte an den Abend, als er bei Christos um ihre Hand angehalten hatte. Damals war sie überzeugt gewesen, dass dieser Moment das größte und wichtigste Ereignis ihres Lebens sein würde, abgesehen natürlich von dem Tag, an dem sie endlich heiraten würden. Inzwischen wusste sie, wie falsch sie damit gelegen hatte. Wenn sie zusammen waren, erlebte sie immer wieder Augenblicke, die größer waren als alles, was vorher gewesen war: wenn er verschwitzt von seiner morgendlichen Laufrunde zurückkam und zu ihr in die Dusche stieg, voller Hunger nach ihr und *nur* nach ihr. Die Art, wie er sie bei einem Mode-Event von der anderen Seite des Raumes aus betrachtete und die Luft zwischen ihnen förmlich knisterte. Wenn er ihr zärtliche Worte ins Ohr flüsterte, von denen sie nie genug bekommen konnte.

»Ja«, sagte sie ein wenig atemlos. »Ich werde dir folgen, wohin dein Herz auch gehen will.«

Während Hugh das Auto durch die dunklen, verlassenen Straßen steuerte, küsste Josh sie auf den Hals, und sie spürte seinen warmen Atem auf ihrer Haut. »Bei dir zu sein, Baby, das ist es, was mein Herz will. Für immer und ewig.«

Josh wachte auf, als sich die Maschine im Landeanflug auf den kleinen, privaten Flugplatz zur Seite neigte, sodass er Sterling House aus der Vogelperspektive sehen konnte. Wie eine schimmernde Decke breitete sich das Sonnenlicht über die Berggipfel und den alten Gasthof, ließ den herzförmigen See leuchten und machte Josh noch einmal klar, warum sie sich entschieden hatten, ausgerechnet hier zu heiraten. Seine Mutter Adriana war an Krebs gestorben, als er gerade einmal vier Jahre alt gewesen war, und sein Vater Hal hatte ihn und seine fünf Geschwister auf der Ranch der Familie allein großgezogen. Als Josh und Riley überlegten, wo die Hochzeit stattfinden sollte, war ihm seine Mutter im Traum erschienen. In ihrem weißen Hochzeitskleid hatte sie schön und jung ausgesehen, wie sie dort am Ufer des Sees stand und ihr langes kastanienbraunes Haar in einer sanften Brise wehte. Sie hatte ihm zugewunken. Josh war sich sicher, dass er das Bild seiner Mutter aus reiner Sehnsucht heraufbeschworen hatte, weil er sich so sehr wünschte, sie könnte diese ungeheuer wichtige Zeit mit ihnen zusammen erleben. Wenn er ehrlich war, musste er sich eingestehen, dass er immer ein wenig neidisch auf seine älteren Geschwister gewesen war, weil sie Erinnerungen an ihre Mutter hatten, auf die sie zurückgreifen konnten, während er bei ihrem Tod noch zu jung gewesen war. Als er Riley von dem Traum erzählt hatte, war sie sicher, dass er ein Zeichen war. Josh glaubte eigentlich nicht an Zeichen oder spirituelle Verbindungen, aber seine zukünftige Frau tat es, und das war für ihn Grund genug, ihr beizupflichten – und zu hoffen, dass sie recht hatte.

»Finde ich cool, dass ihr euch entschieden habt, hier zu heiraten«, sagte Hugh leise und warf einen Blick auf Riley, die neben Josh eingeschlafen war. »Meinst du, Mom und Dad wussten bei ihrer Hochzeit, dass sie sechs Kinder haben würden?« Beim Tod der Mutter war Hugh drei gewesen und wie Josh konnte er sich nicht an sie erinnern. Ihr ältester Bruder Treat war neun, als sie krank wurde, und elf, als sie starb. Er hatte seine Erinnerungen mit jedem von ihnen geteilt. Und obwohl Josh immer eine kleine Leere in sich tragen würde, weil er keine eigenen Bilder im Kopf hatte, von denen er zehren konnte, war er seiner Familie dankbar, dass sie ihm half, den Geist ihrer Mutter am Leben zu erhalten.

Josh sah Hugh an und dachte nicht an die Frage, die er gestellt hatte, sondern an die unausgesprochene Frage, die zwischen ihnen stand. *Meinst du, sie wussten, dass Mom so jung sterben würde?* Hugh beobachtete ihn nachdenklich. Es hatte eine Zeit gegeben, in der Hugh nur auf der Suche nach dem nächsten Nervenkitzel gewesen war. Damals hatte es in seinem

Leben keinen Platz für tiefe Gedanken oder ernsthafte Beziehungen gegeben. Er hatte sich so sehr verändert, seit er sich in seine Frau Brianna verliebt hatte. Josh hatte Mühe, in dem verantwortungsvollen Vater zweier Kinder, zu dem sich Hugh gemausert hatte, den wilden Jungen wiederzuerkennen, mit dem er herangewachsen war.

Nach allem, was er über ihre spirituell veranlagte Mutter wusste, war Josh ziemlich sicher, dass sie geahnt hatte, wie viele Kinder sie haben und dass sie nicht alt werden würde. Ihren frühen Tod erwähnte er jedoch lieber nicht.

»Dad hat erzählt, dass sie sich immer eine große Familie gewünscht haben. In letzter Zeit habe ich oft an Mom gedacht«, gestand Josh. »Ich wünschte, sie wäre hier. Nicht nur um meinetwillen, sondern auch wegen Dad.« Ihr Vater schwor, dass er durch Hope, das Pferd, das er ihr geschenkt hatte, als sie krank wurde, mit seiner verstorbenen Frau kommunizierte. Manche Leute fanden das ein bisschen verrückt, aber seit Joshs Traum, der ihm so real erschienen war, war er sich nicht mehr sicher.

Sein Bruder nickte. »Sie ist bei uns, Bruderherz. Sie ist überall. Als Christian geboren wurde, hatte ich das Gefühl, als stünde sie neben uns.« Sein kleiner Sohn Christian war ebenso neugierig und lebhaft, wie Hugh selbst es als Kind gewesen war. Hugh hatte Briannas Tochter Layla adoptiert. Das hübsche Mädchen nannte ihn Daddy oder Prinz Hugh – ein Insiderwitz aus ihrer Prinzessinnenphase – und betete ihn an, so wie Hugh sie anbetete.

Josh konnte es kaum abwarten, eine eigene Familie zu haben und sie mit der Liebe seines Lebens großzuziehen. Bei der Vorstellung, mit Kindern in New York zu leben, zwei verschiedene Wohnorte zu haben, kreuz und quer durch die Welt von einer Modenschau zur anderen zu reisen und dabei hoffentlich mehr als ein Kind im Schlepptau zu haben, kamen ihm die gleichen Bedenken wie Riley. Er hatte die Vorzüge starker familiärer Bindungen genossen und war in einer kleinen Stadt groß geworden, in der die Nachbarn immer bereit waren, einander zu helfen, und in der nichts geheim blieb. Diese Neigung zu Klatsch und Tratsch konnte nervig sein, aber auch tröstlich. Sein Vater lebte noch immer in dem Haus, in dem er mit seinen Geschwistern aufgewachsen war, und auch nach all den Jahren gab es ihm ein Gefühl der Sicherheit, wenn er zu Besuch kam. Und er konnte nicht leugnen, dass er sich in Weston der Mutter am nächsten fühlte, die er nie wirklich hatte kennenlernen können. Wenn sich die Antwort auf die Frage, wo sie leben sollten, doch nur ebenso einfach ergeben würde wie seine Liebe zu Riley! Kaum hatte er sich in sie verliebt, gab es kein Zurück mehr.

Das Flugzeug setzte zum Landeanflug an und Riley regte sich neben ihm. Bei dem Gedanken an seine Mutter wurde ihm schwer ums Herz. Er liebte Riley so sehr, dass er sich nicht vorstellen konnte, auch nur einen einzigen Tag ohne sie zu verbringen. Wie hatte sein Vater ohne die Frau überlebt, die er all die Jahre geliebt hatte? Wie hatte er es geschafft, nicht unterzugehen, mit sechs trauernden Kindern, die ihn brauchten? Josh bezweifelte, ob er wie sein Vater die Kraft aufbringen würde, weiterzumachen, wenn Riley jemals etwas zustoßen sollte.

Er gab ihr einen Kuss auf die Schläfe und sandte ein stilles Gebet gen Himmel, dass er nie in diese Situation geraten möge. »Hey, Baby. Wir landen.«

Sie lächelte ihn an, als das Flugzeug aufsetzte. Dann warf sie einen Blick auf Jack, der sich darauf konzentrierte, sie sicher auf den Boden zu bringen. »Wir haben deiner Familie so viel zu verdanken, weil sie sich so für uns eingesetzt hat«, sagte sie. »Der arme Jack ist die ganze Nacht geflogen, und Hugh« – sie sah seinen Bruder an – »danke, dass du uns zum Flugplatz gebracht und dafür eine Nacht mit deiner Frau und deinen Kindern geopfert hast.«

»Es war mir ein Vergnügen. Höchste Zeit, dass mit dieser wilden Ehe endlich Schluss ist«, neckte Hugh.

Riley schmiegte sich an Josh. »Josh redet ja schon seit Jahren vom Heiraten, aber im Studio ist uns immer wieder etwas dazwischengekommen. Doch jetzt sind wir hier und mehr als bereit. Habt ihr ein bisschen schlafen können?«

»Nur ein bisschen, aber uns geht es gut«, antwortete Josh.

»Heute Abend hauen wir uns früh hin«, fügte Hugh hinzu. »Es ist ja nicht so, als hätten wir etwas Besseres vor. Brianna und Savannah bestehen darauf, dass ihr zwei in der Nacht vor der Hochzeit nicht in einem Zimmer schlafen dürft. Und offenbar bedeutet das, dass wir *alle* heute Nacht ohne unsere Frauen auskommen müssen. Solidarität unter Frauen oder so.«

Riley lachte. »Ich liebe meine zukünftigen Schwägerinnen.«

»Vielleicht ist es an der Zeit, mit dieser schrecklichen Regel zu brechen.« Josh stahl sich einen Kuss.

»Es bringt Unglück, die Braut vor der Hochzeit zu sehen«, sagte Riley mit gerunzelter Stirn.

»Das ist doch ein Ammenmärchen«, sagte Hugh. »Es bringt Unglück, in der Nacht vor der Hochzeit *nicht* mit der Braut zu schlafen.«

»Das glaube ich auch.« Josh führte Rileys Hand an seine

Lippen. »Am liebsten würde ich nie getrennt von dir schlafen. Erst recht nicht in diesem romantischen, abgelegenen Gasthaus.«

Die Fahrt vom Flugplatz zum Gasthof führte über holprige, grasbewachsene Wege mit tiefen Reifenfurchen. Zum Glück hatte Jack Übung darin, einen Wagen durch unwegsames Gelände zu steuern. Schließlich war er nicht nur Buschpilot und ehemaliger Angehöriger der Special Forces, sondern leitete auch Survivalkurse in der Wildnis. Außerdem besaßen er und Savannah eine abgelegene Hütte in den Bergen von Colorado. Riley vertraute ihm vollkommen.

Als das Resort schließlich in Sicht kam, war es noch atemberaubender, als sie es von ihrem Besuch bei Charlotte, der Besitzerin, in Erinnerung hatte. Charlotte war Schriftstellerin, sie verfasste erotische Liebesgeschichten. Sie hatte den Gasthof geerbt und lebte nun in einem Teil des Anwesens. Hal war mit ihren Eltern befreundet gewesen, er kannte Charlotte seit ihrer Geburt, und wie alle, die ihn näher kennenlernten, betete sie ihn an. Als er sie gefragt hatte, ob die Hochzeit bei ihr stattfinden könne, hatte sie begeistert zugestimmt.

Riley presste das Gesicht ans Autofenster, um besser sehen zu können. Das Haus mit seinen drei wunderschönen Etagen aus Glas, Stein und Zedernholzschindeln und den ausladenden Terrassen lag an einem See und war umgeben von weitläufigen

Wiesen und malerischen Bergen. Sie liebte alles an New York, abgesehen von den aufdringlichen Paparazzi, aber die Großstadt hatte nichts zu bieten, was dem Vergleich mit der klaren Bergluft und den fantastischen Ausblicken von Colorado standhalten konnte. Es überraschte sie immer wieder, wie sehr sie sich nach ihren kleinstädtischen Wurzeln sehnte, kaum dass sie ein paar Minuten in Colorado war. Und sie sehnte sich nach ihrer besten Freundin. Von Kindertagen an war Jade für Riley, das Einzelkind, wie die Schwester gewesen, die sie nie gehabt hatte. Und seit sie mit Josh zusammen war, hatten die Frauen der Familie sie herzlich in ihrem vertrauten Kreis aufgenommen, sodass sie das Gefühl hatte, mehr Schwestern bekommen zu haben, als sie es sich je erhofft hatte. Sie lebten nicht alle in Colorado, nahmen sich aber oft Zeit für Besuche in Weston – etwas, was sie und Josh in letzter Zeit wegen ihrer beruflichen Verpflichtungen viel zu selten gemacht hatten. Ein weiterer Grund, zumindest einen Teil des Jahres wieder näher an zu Hause zu verbringen.

»Jack«, sagte Riley, als sie aus dem SUV stieg, »ich kann dir und Hugh nicht genug dafür danken, dass ihr uns hierhergebracht habt.« Sie umarmte ihn. Mit seinen gut eins neunzig war Jack ebenso wie Joshs Bruder Rex wie ein Holzfäller gebaut, mit unglaublich breiten Schultern, massigen Muskelpaketen und kräftigen Beinen. Ihr selbst war die schlankere, perfekt umrissene Silhouette ihres Verlobten lieber. Josh hielt sich eher durch Laufen fit als durch harte physische Arbeit wie Jack und Rex. Aber sie wusste, dass deren Frauen den Körper ihrer Männer ebenso liebten, wie sie Joshs Körper liebte.

»Für euch tue ich doch alles.« Jack öffnete den Kofferraum des Wagens, griff nach einer Reisetasche und warf sie Hugh zu, bevor er sich eine Ledertasche über die Schulter hängte.

Josh und Riley hatten ihr Gepäck schon vor ein paar Wochen an Rex und Jade geschickt, um zu verhindern, dass irgendjemand Wind von ihren Plänen bekam. Auch das Hochzeitskleid, das sie und Josh zusammen entworfen hatten, war dabei gewesen.

»Außerdem haben Hugh und ich die Gelegenheit genutzt, ein paar Souvenirs für unsere Kinder zu besorgen, während wir auf den Bahamas waren. Was hast du dir gekauft?« Jack wies auf die Dose, die Riley in der Hand hielt.

»Elisabeth hat mir Brownies gebacken.« Elisabeth war mit Joshs Cousin Ross verlobt. Sie betrieb eine mobile Bäckerei in Trusty, Colorado, und alles, was sie zauberte, war köstlich. Die beiden würden an diesem Wochenende in einer Doppelhochzeit mit Jake und Fiona auf den Bahamas heiraten.

»Diese Dose sieht nicht annähernd groß genug aus für alle Mädels und die Kinder. Außerdem bin ich mir nicht sicher, was Brianna dazu sagt, wenn sich Christian während der Hochzeits-vorbereitungen mit Brownies hochpuscht. Du weißt ja, wie er auf Süßes reagiert.« Mit einem schelmischen Grinsen streckte Hugh die Hand nach der Keksdose aus. »Ich glaube, ich verwahre sie besser für dich.«

Riley drückte sie an sich. »Kommt nicht infrage, Bürsch-chen. Aber du hast recht. Den Kindern zu sagen, dass sie keine haben dürfen, ist bestimmt nicht klug.«

Josh zog sich die Jacke aus und wickelte sie um die Dose. »Ich bringe sie für dich und die Mädels in unser Zimmer.«

»Du bist der beste Verlobte aller Zeiten!« Riley stellte sich auf die Zehenspitzen und gab ihm einen Kuss.

Als sie ins Haus gingen, spürte Riley, wie der Stress der letzten Wochen von ihr abfiel. Hier musste sie nicht mehr flüchten, sich nicht mehr verstecken oder hoffen, dass die Presse nichts von ihrer Hochzeit mitbekam. Eins musste sie jedoch noch geheim halten: ihre Schwangerschaft. Sie fand es schrecklich, irgendetwas vor Jade zu verbergen. Doch immer, wenn sie miteinander sprachen, schwärmte ihr die Freundin von ihrem neugeborenen Sohn vor, und Riley brachte es nicht übers Herz, diese Freude mit der Sorge um ihre eigene Situation zu überschatten. In ein paar Wochen wäre die kritische Phase überstanden. Dann konnten sie es aller Welt erzählen. Sie hoffte und betete jeden Tag, dass sich ihre Gebärmutter auf ihre Aufgabe besonnen hatte und bereit war, ihr kleines Wunder zu hegen und zu pflegen.

Rileys Eltern sollten später am Nachmittag ankommen, und die Hochzeit war für den nächsten Abend auf der Terrasse geplant, mit Blick auf den See. Weil nichts auf ihren großen Tag hindeuten sollte, hatten sie beschlossen, alles selbst zu machen, vom Essen und der Hochzeitstorte bis zu den Kleidern und der Dekoration. Bei ihrer Freundin Molly, die in New York um die Ecke von ihrer Wohnung lebte, hatte Riley Privatstunden in Backen und Kuchendekoration genommen. Molly betrieb einen Cateringservice und hatte Riley nicht nur gezeigt, wie man eine wundervolle Hochzeitstorte buk, sondern ihr auch alle nötigen Gerätschaften und Hilfsmittel mitgegeben. Joshs Familie hatte versprochen zu helfen, und wenn alles glatt lief, sollten sie genug Zeit haben, um ihr schlichtes Hochzeitsfest genau so werden zu lassen, wie sie es sich erträumt hatten.

Im Inneren des Gasthofs empfing sie ein süßer, holziger Duft, der das Anwesen trotz seiner Weitläufigkeit tröstlich und heimelig wirken ließ. Von den hohen Decken mit ihren freiliegenden Balken hingen Leuchter aus Geweihen und Schmiedeeisen. Riley betrachtete die alten Holzböden und die gemauerten Wände und fragte sich, welche Geheimnisse sie bargen. Hatte Joshs Mutter vor all den Jahren an genau dieser Stelle gestanden? Hatte sie wie Riley inständig gehofft, dass bei ihrer Hochzeit alles so lief wie geplant? Oder war sie derart von der Liebe überwältigt gewesen, dass in ihrem Kopf gar kein Platz für sorgenvolle Gedanken gewesen war? Riley hatte von Joshs Familie so viele Geschichten über seine Mutter gehört, dass es ihr vorkam, als sei sie immer noch bei ihnen.

Josh schloss sie in die Arme. »Es ist perfekt, nicht wahr, Baby?«

»Ich kann mir keinen besseren Ort vorstellen.«

»Oh mein Gott! Da seid ihr ja!« Max' leise, aber aufgeregte Stimme ließ sie auseinanderfahren. Ihr praktischer Pferdeschwanz schwang übermütig hin und her, als sie in Jeans und T-Shirt quer durch die Eingangshalle lief, um Riley zu umarmen. »Ich hatte Angst, dass euch jemand dabei ertappt, wie ihr euch davonschleicht, und ihr zur Sicherheit erst noch einen Umweg machen müsstet.« Sie trat einen Schritt zurück und betrachtete Riley. »Nur du schaffst es, nach einer solchen Nacht so strahlend auszusehen. Warte, bis Jade dich sieht! Sie ist oben und zieht Baby Hal an – ich meine natürlich den *kleinen Hal*.«

»Danke, Max. Ich kann es kaum erwarten, alle zu sehen.« Sie ließ den Blick über Max' hübsches Gesicht schweifen. »Irgendwie siehst du anders aus. Wunderschön wie immer, aber anders.«

»Kontaktlinsen«, sagte Max achselzuckend. »Ich war es leid, dass mir Jade ständig in den Ohren lag, ich sollte sie ausprobieren. Also habe ich schließlich nachgegeben.«

Die Überredungskünste von Rileys bester Freundin waren legendär. Wenn sie sich Mühe gab, könnte sie Riley wahrscheinlich weismachen, dass sie fliegen konnte.

Josh umarmte Max. »Danke, dass ihr uns an diesem

Wochenende helft.«

»Meinst du wirklich, du müsstest mir danken? Ich bin doch froh, dass ihr endlich heiratet!«, rief sie, hielt sich aber sogleich die Hand vor den Mund. »Oje. Die Kinder schlafen noch. Wir sollten besser nicht so laut sein.«

»Nun, jedenfalls siehst du klasse aus, wie immer«, sagte Riley. »Und Jade kann ein bisschen penetrant sein.«

»Ich bin nicht penetrant. Ich bin *überzeugend.*« Mit ihrem kleinen Sohn auf der Hüfte kam Jade die breite Treppe hinunter. Der Junge mit seinem rabenschwarzen Haar war das Ebenbild seines grüblerischen Vaters, von den ernsten dunklen Augen bis hin zu den winzigen Jeans und dem dunklen T-Shirt.

Riley streckte die Hände nach dem Kleinen aus. »Lass mich diesen hübschen Burschen einmal halten. Ich habe Baby Hal so vermisst.«

»Kaum habe ich ein Baby, werde ich auf einmal nicht mal mehr begrüßt?« Jade reichte ihr ihren entzückenden Jungen. Sie hatte ihr schwarzes Haar mit einem Clip hochgesteckt, wahrscheinlich um es von den kleinen Händen fernzuhalten. »Und im Moment ist er übrigens der ›kleine Hal‹. Aber du weißt ja, was für ein Macho Rexy ist. In einem Monat nennt er ihn vermutlich ›großer Hal‹.«

»Für mich wird er immer ›Baby Hal‹ bleiben, aber an ›kleiner Hal‹ kann ich mich bestimmt auch gewöhnen. Und ich kann es kaum erwarten, Finn in die Finger zu bekommen.« Sie lächelte auf das Baby hinunter und zügelte den Drang, ihre große Neuigkeit zu verraten. Finn, der Sohn von Joshs Bruder Dane und seiner Frau Lacy, war ein paar Wochen älter als der kleine Hal. Riley rieb die Nase an der weichen, molligen Wange des Jungen. Der Klang seines Gekichers war Musik in ihren Ohren. Er war fast ein Jahr alt, aber er verströmte immer noch diesen einzigartigen Babyduft, der all ihre mütterlichen Sehnsüchte an die Oberfläche steigen ließ. »Klein-Hal und Finn werden sicher ganz schöne Rabauken, wenn sie älter sind.«

»Nicht halb so schlimm wie Christian und Dylan«, sagte Hugh. Dylan war der Sohn von Treat und Max. Hugh schloss Jade in die Arme und gab ihr einen Kuss auf ihre Wange. »Du siehst wunderschön aus. Nun, wo ist meine heiße Frau?«

»*Uuuuh*«, neckte Jade, während Jack sie rasch an sich drückte. »Sie ist oben und hilft Layla, die Sachen für Christian auszusuchen. Layla ist eine tolle große Schwester.«

»Klar ist sie das.« Auf dem Weg in die obere Etage nahm Hugh zwei Treppenstufen auf einmal.

Riley genoss es, wie liebevoll die Bradens miteinander umgingen. Sie umarmten sich und passten auf die Partner und Kinder ihrer Geschwister auf, als wären es ihre eigenen. Dass sie in eine solche Familie einheiratete, machte sie unglaublich glücklich.

»Ist Savannah mit Adam oben?«, fragte Jack am Fuß der Treppe. Er hatte es eilig, zu Frau und Kind kommen.

»Nein.« Max deutete auf den hinteren Teil des Hauses. »Finn kriegt Zähne. Er ist letzte Nacht dreimal aufgewacht. Savannah und Lacy machen einen Spaziergang mit den Kleinen. Und Hal läuft mit Treat, Dane und Rex auf dem Grundstück herum und listet wahrscheinlich auf, was alles am Haus repariert werden muss.«

»Josh, du kannst genauso gut zu den Männern nach draußen gehen«, meinte Jade. »Ich werde deine Verlobte nämlich entführen, um mit ihr die Hochzeitsvorbereitungen durchzusprechen. Als Trauzeugin darf ich das.«

Mit gespieltem Groll beugte sich Josh zu Riley hinunter und gab ihr einen Kuss. »Ich bringe deine Leckereien in unser Zimmer und dann gehe ich zu den anderen.« Er hielt die Dose mit den Brownies hoch, die immer noch unter seiner Jacke steckte.

»Ist schon okay, ich nehme sie.« Riley streckte die Hand danach aus. »Und nun geh und amüsier dich mit deiner Familie. Ich liebe dich.«

Er stahl sich einen weiteren Kuss. »Ich liebe dich auch, Baby. Und mach dir keine Sorgen.«

Riley drückte den kleinen Hal an sich, während sie Josh nachsah. Sein weißes Hemd passte sich seinem breiten Kreuz und der schmalen Taille tadellos an und verschwand in einer dunklen Jeans, die seinen Hintern derart perfekt umschloss, dass ihr das Wasser im Mund zusammenlief.

»Hör auf, mein Kind vollzusabbern.« Jade nahm ihr das Baby ab. »Ehrlich, die Braden-Brüder können uns alle um ihren kleinen Finger wickeln, stimmt's?«

Riley hob eine Augenbraue. »Ich kann dir versichern, dass es an meinem Mann nichts *Kleines* gibt.«

»Lieber Himmel, jetzt geht's los.« Max verdrehte die Augen. »Bevor ihr anfangt mit ›der von meinem Mann ist aber größer als der von deinem‹, sag uns lieber, warum Josh meint, du könntest dir Sorgen machen. Ist es wegen der Hochzeit?«

»Ein bisschen. Und wir haben darüber gesprochen, wo wir leben wollen, wenn wir Kinder haben«, räumte Riley ein. »Aber lassen wir das jetzt. Ich möchte lieber über Sachen nachdenken, auf die ich eine Antwort weiß. Zum Beispiel: wie fantastisch unsere Hochzeit wird.«

»Du meinst wohl, wie fantastisch deine Hochzeits*nacht* wird?« Jade wackelte mit den Augenbrauen.

Kichernd machten sie sich auf den Weg in die Küche, wo Charlotte vor dem Herd stand. Sie trug eine knappe Jeanshose und ein Herrenhemd, das mindestens zwei Nummern zu groß war. Die Ärmel hatte sie aufgekrempelt, die obersten drei Knöpfe waren offen. Sie hatte den Kopf zur Seite geneigt und kritzelte mit einer Hand in ein Notizbuch, während sie in der anderen einen Pfannenwender hielt und … stöhnte.

Es war ein *sinnliches* Stöhnen.

Max packte Jade und Riley am Arm und hielt sie zurück.

Charlotte ließ den Kopf mit geschlossenen Augen nach hinten sinken und atmete seufzend aus. Riley unterdrückte ein Kichern. Charlotte wölbte die Brust vor, dann stöhnte sie wieder. Mit einer wiegenden Bewegung schob sie die Hüften nach vorn und eine Hand – die mit dem Pfannenwender – strich an ihrem Oberschenkel entlang, während ihr ein weiterer hungriger Laut entfuhr. Es war wie eine pornografische Kochshow. Plötzlich beugte sie sich vor und kritzelte wieder etwas in ihr Notizbuch, während ihr das dunkle Haar ins Gesicht fiel.

»Äh … was immer du zum Frühstück verspeist hast, hätte ich auch gern«, sagte Riley lachend.

Charlotte kreischte. »Da bist du ja endlich!« Ihre Wangen waren gerötet, als hätte sie gerade Sex gehabt. Sie schob sich den Stift hinters Ohr, und dann ging ihr Blick unschlüssig zwischen Grillplatte und Pfannenwender hin und her, als sei sie sich nicht sicher, was sie damit anfangen sollte.

»Komm, gib ihn mir, Char. Das ist mir zu gefährlich, wenn du mit Kochutensilien herumfuchtelst.« Max nahm den Pfannenwender und gab ihr einen freundlichen Schubs in Richtung Riley.

»Danke, dass wir einfach hier hereinplatzen können. Du scheinst ja sehr … *beschäftigt* zu sein.« Riley drückte sie mit einem Arm an sich. In der anderen Hand hielt sie immer noch die Dose mit den Brownies. Sie und Charlotte waren sich nur ein paarmal begegnet, aber sie hatten sich sofort gemocht, obwohl Charlotte ständig mit Abgabeterminen zu kämpfen hatte und sich kaum auf etwas anderes als das Schreiben konzentrieren konnte. Riley und Josh hatten ihr versichert, dass sie alles für die Hochzeit selbst regeln und sie nicht bei der Arbeit stören würden.

»Ich glaube, ich brauche eine Zigarette«, witzelte Jade.

»Das Leben einer Erotik-Schriftstellerin ist nie langweilig.« Charlotte kitzelte den kleinen Hal am Hals. »Aber ich denke, das Leben deiner Mutter ist auch nie langweilig, oder, Schätzchen? Eines Tages hätte ich auch gerne so ein kleines Kerlchen. Aber vorerst beschränke ich mich darauf, in meinen Romanen zu beschreiben, wie man Babys macht. Ich bin so froh, dass ihr hier seid. Es ist schön, etwas Leben in diesem großen, alten Kasten zu haben.«

»Oh mein Gott, Charlotte!«, rief Max und starrte auf die Grillplatte. »Pfannkuchen in Penisform?«, fragte sie ungläubig.

Riley und Jade zwängten sich neben Max. Tatsächlich: Auf der Grillplatte lagen zwei Pfannkuchen, jeder etwa zwanzig Zentimeter lang und fünf Zentimeter dick. An einem Ende prangte eine pilzförmige Eichel, am anderen Ende wölbten sich rundliche Hoden.

»Recherche.« Charlotte war eine dieser Frauen, die nie einfach nur gingen. Entweder stürmte sie wild entschlossen drauflos oder schwebte mit entrücktem Blick daher. Zwischentöne gab es nicht. Nun war sie offenbar im entschlossenen Modus. Sie nahm Max den Spatel ab und wendete die Pfannkuchen. »Was meint ihr? Ziemlich realistisch, oder?« Sie griff nach ihrem Notizbuch. »Ich schreibe eine Geschichte über eine Angestellte in einem Lebensmittelladen, die mit einem Erotiktänzer anbandelt. In der Küche ist sie nicht zu gebrauchen, womit ich mich voll und ganz identifizieren kann. Aber Pfannkuchen, die kriegt sie hin. Und zwar nur Pfannkuchen. Also, sie kommen zusammen und sie macht ihm Abendessen.« Sie musterte die Pfannkuchen noch einmal. »Ich denke, das funktioniert, oder?«

»Lieber Himmel«, sagte Max leise.

Jade spähte wieder auf die Grillplatte. »Die sehen ein gutes Stück zu kurz aus. Und zu dünn. Viel zu dünn.«

Riley lachte. »Kein Kommentar. Ich möchte nicht, dass du meinst, du hättest was verpasst.« Jade stieß ihr den Ellbogen in die Rippen und sie brüllten vor Lachen.

»Sie brennen an.« Max schnappte sich den Spatel und wendete die Pfannkuchen. »Wer hätte das gedacht? Hier stehe ich und wende einen Penis.«

»Es sind zwei, also wendest du Penisse«, wandte Jade ein.

»Oder Peni?«, überlegte Riley. »Keine Ahnung, wie der Plural heißt.«

»Latten? Schwänze? Piep–« Jade krümmte sich vor Lachen. »Piephähne?«

Max wurde rot. »Du bist wirklich *schlimm*.«

»Ach, kommt schon. Es hat ewig gedauert, bis ich sie so hingekriegt habe.« Charlotte holte einen Teller von der anderen Seite der Küchentheke. Er war voller krummer Pfannkuchen.

»Der hier sieht aus wie der Schiefe Turm von Pisa«, sagte Jade.

»Warum ist es so wichtig, dass du sie richtig hinkriegst?«, fragte Riley. »In deinem Buch musst du sie doch nur beschreiben.« Plötzlich schnappte sie nach Luft. »Oh mein Gott. Char, recherchierst du alles in deinen Büchern aus erster Hand? Wirklich alles?«

Aller Augen waren auf Charlotte gerichtet, die die

Neugierde der drei Frauen völlig ungerührt zur Kenntnis nahm. Über die Aussicht, sie und ihre Männer für Recherchen zu erotischen Liebesszenen zur Hand zu haben, schien sie jedoch erfreut. »Aber sicher.« Sie schob sich eine eigensinnige Strähne ihres zerzausten dunklen Haars hinters Ohr. »Ich meine, wenn ich über ein Paar schreibe, das Sex auf der Treppe hat, muss ich mich vergewissern, dass der Winkel funktioniert, oder? Und bei den Pfannkuchen geht es nicht nur um die Größe und Form. Es geht um die Zubereitung. Ich muss mir vorstellen, wie mir ein Mann am Hals knabbert, während ich rühre oder wende oder …«

»*Komme*«, ergänzte Jade.

Max' Wangen wurden noch röter. »Jade!«

»Toller Job«, setzte Riley hinzu. »Und wer ist der glückliche Partner bei deinen Recherchen? Irgendein stattlicher Bergbewohner?«

Char schnaubte. »Du machst Witze, oder? Meinst du wirklich, dass es hier irgendwelche Männer gibt? Vergiss es. Nein, hier gibt es nur mich und meine aufblasbaren Puppen. Es geht um den Mechanismus einer Szene, der funktionieren muss, nicht die …«

»Intensität der Orgasmen?«, fragte Jade. »Weil ich denke, dass das wirklich zählt. Und ich verspreche dir, dass wir uns um deinen Männermangel kümmern«, fügte sie hinzu.

Charlotte schüttelte den Kopf. »Mit Dates habe ich es nicht so, aber trotzdem vielen Dank. Männer sind doch eher lästig. Sie sind eifersüchtig auf die Zeit, die ich am Computer verbringe, und sie sind nie so aufmerksam wie die Helden, die ich erschaffe. Das geht garantiert schief.«

»Komisch«, sagte Riley. »Was die Aufmerksamkeit angeht, kann ich mich bei Josh wirklich nicht beschweren. Vielleicht triffst du dich immer mit den falschen Männern.«

»Möglich.« Charlotte winkte ab.

»Weißt du was?«, sagte Max. »Unsere Ehemänner haben einen ganzen Haufen Cousins in Pleasant Hill in Maryland. Ich wette, Beau Braden könnte dir helfen, dieses Haus zu renovieren. Er ist klug und witzig und natürlich sieht er blendend –«

»Danke«, unterbrach Charlotte sie. »Aber er ist ein Mann, was bedeutet, dass er eifersüchtig und fordernd ist, und wie ich schon sagte, nicht annähernd so *gut* wie meine Helden. Mir ist eine Fantasiewelt lieber, die ich mit einem Schalter ein- und ausknipsen kann.«

»Oder mit einer Luftpumpe«, sagte Jade.

Charlotte lachte. »Ich bin nie nackt, wenn ich mit meinen Puppen experimentiere. Meine Güte, ihr solltet Bücher mit Schmuddelkram schreiben.« Sie nahm einen der schiefen Pfannkuchen vom Teller und biss dem Penis die Spitze ab. »Schmuddelkram ist etwas Wunderbares.«

»Hier riecht's nach Pfannkuchen!«, sagte Adriana, die Tochter von Max und Treat, die mit ihrem jüngeren Bruder Dylan in die Küche kam und damit ihren Kuppelversuchen und Gesprächen über Penisse ein Ende setzte.

»Hoppla, feindlicher Beschuss!« Jade schob sich zwischen die Grillplatte und die Kinder.

Riley stellte die Dose mit Brownies hastig auf den Kühlschrank, bevor die Kleinen danach fragen konnten.

»Tante Riley!« Adriana schlang die Arme um Rileys Taille. Mit ihren fast sieben Jahren war sie groß und schlaksig, mit grünen Augen wie die der Großmutter, nach der sie benannt war, und Haaren so dicht wie die von Max und so dunkel wie die von Treat.

»Ich will Pfannkuchen!« Dylan stellte sich auf die Zehenspitzen, um über den Rand der Küchentheke zu schauen. Auch er war groß, aber mit knapp vier Jahren doch noch nicht groß genug.

Gott sei Dank.

Max schob den Teller mit den Pfannkuchen außer Reichweite der gierigen Hände ihres Sohnes. »Das sind Charlottes Pfannkuchen. Ich mache dir deine eigenen.«

»Sie können die Pfannkuchen ruhig essen. Ich habe die Szene schon im Kopf.« Charlotte holte einen Teller aus dem Schrank. Max' entsetzten Blick schien sie nicht zu bemerken. Sie nahm Besteck aus der Schublade, schnitt die Pfannkuchenhoden ab, richtete die Einzelteile auf dem Teller neu an und reichte ihn Dylan. »Eine Rakete und zwei Wolken.« Sie zwinkerte Max zu und flüsterte: »Schriftsteller sind sehr kreativ.«

Offenbar bekommt sie mehr mit, als man denkt.

»Darf ich bitte auch eine Rakete haben?«, fragte Adriana so höflich, dass es Riley schier ins Herz schnitt.

»Okay, los geht's«, sagte Jade eifrig. »Riesenraketen für alle! Können wir welche machen, bei denen Qualm aus der Spitze kommt?«

»Jaaaa!«, schrien die Kinder.

Riley versuchte vergeblich, ein Lachen zu unterdrücken, und löste mit ihrem Prusten brüllendes Gelächter aus.

Max schüttelte den Kopf. »Siehst du, was du verpasst, wenn du in New York lebst, Ri? Jade und die Kinder und ich frühstücken mehrmals in der Woche zusammen. Und ich weiß auch, was Jades Frühstücks-Special von nun an sein wird.«

»Raketen …« Jades Augen funkelten vor Übermut. »Und doppelte Berggipfel.« Wieder brachen sie und Riley in Gelächter aus.

»Meine Arbeit hier ist erledigt«, verkündete Charlotte mit einem zufriedenen Grinsen. »Zurück an den Schreibtisch.«

»Einen Moment noch«, sagte Max. »Gestern Abend haben Rex und Treat bemerkt, dass auf der Terrasse, wo die Zeremonie stattfinden soll, einige Bretter am Geländer locker sind. Da sie sowieso den Pavillon aufbauen, meinten sie, sie könnten das reparieren, aber sie konnten das Holz nicht finden, das sie letzten Monat bestellt haben.«

»Oh ja. Tut mir leid. Es ist im Holzschuppen von Schneewittchens Hütte.«

Max runzelte die Stirn.

»Sorry. Das ist die ursprüngliche Blockhütte. Wenn du sie siehst, weißt du sofort, was ich meine. Als ich klein war, dachte ich immer, dass jeden Moment eine Schar pfeifender Zwerge durch die Tür marschiert kommt. Den schönen Prinzen habe ich aber leider nie gesehen. Ich gebe dir einen Lageplan.« Charlotte riss ein Blatt Papier aus ihrem Notizbuch und begann zu zeichnen. »In dem Schuppen stehen ein kleiner Traktor und ein Anhänger, mit dem sie das Holz transportieren können. Jedenfalls war das so, als ich hier eingezogen bin. Ich war seit drei Jahren nicht mehr da draußen.«

»Seit drei Jahren?«, fragte Max ungläubig.

»Ja. Ich meinte es ganz ernst, als ich sagte, dass ich meinen kleinen Teil des Hauses nicht verlasse. Diese große Küche habe ich erst vor ein paar Tagen für euch geöffnet. Und ich habe es nicht geschafft, alles leerzuräumen. An eurer Stelle würde ich mich von den Schränken dort drüben fernhalten.« Charlotte deutete mit der Hand auf die kunstvoll verzierten Schränke aus Ahornholz am anderen Ende der riesigen Küche. »Ich lebe von Fertiggerichten für die Mikrowelle, Erdnussbutter, Marmelade und Energieriegeln. Normalerweise koche ich in meiner Kochnische, aber heute Morgen wollte ich die Ankunft von Josh und Riley nicht verpassen.« Sie reichte Max die Zeichnung.

»Was ist das?« Max deutete auf einige Punkte auf dem Lageplan.

»Felsformationen, Baumgruppen. Wenn du daran vorbeikommst, erkennst du es«, versicherte ihr Charlotte.

»Warum öffnest du die Anlage nicht wieder für Gäste?«, fragte Riley. »Ich wette, das wäre ein Riesenerfolg.«

Charlotte zuckte mit den Schultern. »Vielleicht tue ich es eines Tages, aber im Moment bin ich mit meiner Schreiberei vollkommen zufrieden. Außerdem ist hier eine Menge Arbeit zu erledigen. Die Geländer sind nur die Spitze des Eisbergs, und ich komme zu nichts.« Sie strubbelte Dylan durchs Haar. »Genieß die Pfannkuchen, kleiner Mann. Ihr Mädels könnt mich holen, wenn ihr etwas braucht. Aber vielleicht klopft ihr vorher besser an.« Sie zwinkerte ihnen zu und verschwand durch die Küchentür.

»Hallo, Char«, sagte Brianna und trat an Charlotte vorbei in die Küche, mit Layla und Christian im Schlepptau.

Layla lief zu Riley und umarmte sie fest. »Hallo, Tante Riley. Mom sagte, Adriana und ich könnten den Haarschmuck für die Hochzeit machen. Wir haben am See schöne Blumen gefunden. Ich kann es kaum erwarten.«

»Layla!« Adriana lächelte strahlend und klopfte auf den Stuhl neben sich. »Setz dich zu mir.«

Layla ließ sich neben ihr nieder.

Riley konnte kaum glauben, wie groß die Mädchen geworden waren. Sie steckten die Köpfe zusammen und flüsterten und kicherten, so wie sie und Jade es immer getan hatten. Sie hoffte, dass ihr Baby ebenfalls eine beste Freundin oder einen besten Freund haben würde, die sie oder er genauso liebte.

Kurz darauf kam Savannah mit Adam auf dem Arm in die Küche. Der Kleine war etwas über ein Jahr alt und das Ebenbild seines Vaters Jack. Hinter ihr kam Lacy mit Finn, der fast eins und genauso blond war wie sie und so dunkeläugig wie Dane.

Christian und Dylan saßen am Tisch, kicherten und machten prustende Raketengeräusche, während sie über ihre Pfannkuchen herfielen. Derweil witzelten Jade und die anderen Frauen über *Raketen* und *Explosionen*. Riley saugte begierig alles auf. Sie schaute aus dem Fenster und sah Josh, der unter dem Blätterdach eines großen Baums mit Dane und Hal sprach. Treat, Hugh und Jack standen nicht weit von ihnen, und in einiger Entfernung sah sie Rex, der Hope führte. Sie fand es so schön, dass Hal das Pferd zur Hochzeit mitgebracht hatte. Hope gehörte ebenso zur Familie wie alle anderen. Sie wünschte, Joshs Mutter könnte sehen, wie ihre wunderbare Familie zusammenkam, um sich auf ihren großen Tag vorzubereiten.

»Gehen wir noch mal durch, was wir heute alles erledigen müssen.« Max legte ein Notizbuch neben Riley auf die Küchentheke und begann, ihre To-do-Liste abzuhaken. Jade war zwar die Trauzeugin, aber alle wussten, dass Max die beste Organisatorin der Welt war. Sie hatten alles gemeinsam vorbereitet, doch Jade musste sich auch um ihren kleinen Sohn kümmern, sodass sie froh war, Max das tun zu lassen, was sie perfekt beherrschte. Die Männer hatten die Aufgabe, den Pavillon zu bauen, die Geländer zu befestigen, Lichterketten anzubringen und dafür zu sorgen, dass die Terrasse kindersicher war.

»Hal hat angeboten, die Kinder mit den Dekorationen zu beschäftigen, während wir kochen und eure Hochzeitstorte machen«, fügte Jade hinzu.

»Ich habe schon all die Kuchenformen gesehen. Deine Freundin Molly hat sich wirklich ins Zeug gelegt«, sagte Savannah und setzte sich Adam auf die Hüfte. Er umklammerte eine ihrer Haarsträhnen wie eine Sicherheitsdecke.

»Molly ist großartig. Und Josh wird staunen. Er denkt, wir machen einen hübsch verzierten Blechkuchen. Mit einer vierstöckigen Hochzeitstorte rechnet er nicht.« Lächelnd dachte Riley an den Tag zurück, an dem sie Josh mit der Nachricht von ihrer Schwangerschaft überrascht hatte. Mit Tränen in den Augen hatten sie sich vorgestellt, wie das Leben mit einem Baby sein würde: durchwachte Nächte, eine Wiege im Kinderzimmer und Spielzeug, das im Wohnzimmer verstreut lag.

Brianna legte Christian einen weiteren Pfannkuchen auf den Teller. »Das ist dein letzter, kleiner Mann.« Sie gab ihm einen Kuss aufs Haar.

»Och, Mom«, maulte ihr Sohn mit vollem Mund.

»Wenn wir ihn ließen, würde er weiteressen, bis alles weg ist.« Brianna schob sich eine dunkle Strähne hinters Ohr und nahm Finn auf den Arm. »Ich hätte Lust auf ein weiteres Baby. Vielleicht kann mich Finn davon heilen.«

»Warum lässt du dich nicht von Hugh heilen?« Savannah ließ Adam auf ihrer Hüfte auf und ab hopsen. Mit einem Blick auf die Kinder sagte sie leise: »Wir überlegen auch, ob wir es noch mal probieren. Ich fände es schön, wenn der Altersunterschied nicht so groß ist.«

»Und außerdem«, flüsterte Lacy, »macht es so viel Spaß, es zu versuchen.« Ihre blonden Korkenzieherlocken wurden im Nacken von einer blauen Spange zusammengehalten, die farblich perfekt zu ihren Augen passte. »Wir versuchen nicht, schwanger zu werden, aber wir tun auch nichts dagegen.« Ihre

Augen tanzten vor Aufregung. »Bis jetzt ist keins unterwegs, aber vielleicht haben wir nächsten Monat Glück.«

»Was ist mit dir, Ri?«, fragte Jade. »Du hast gesagt, ihr wolltet es gleich versuchen.«

Riley wäre am liebsten mit ihrer Neuigkeit herausgeplatzt, aber es würde noch ein paar Wochen dauern, bis sie das Gefühl hatte, auf der sicheren Seite zu sein. Sie wollte die gute Laune ihrer Freundinnen nicht mit Sorgen um ihre Schwangerschaft trüben. Da sie nicht rundweg lügen wollte, sagte sie: »Ich habe die Pille abgesetzt.«

»Tatsächlich?«, sagte Jade erstaunt. »Und warum weiß ich davon nichts?«

»Sie muss dich doch nicht um Erlaubnis fragen, oder?«, witzelte Savannah.

Jade sah Riley an und ihr Blick war plötzlich ein wenig traurig. »Nein, aber es gab eine Zeit, als wir alles voneinander wussten.«

Riley traf diese Bemerkung mitten ins Herz. Früher wäre Jade die Erste gewesen, der sie von einer so wichtigen Entscheidung erzählt hätte. Aber nun hatten sie beide viel zu tun und ihre Prioritäten hatten sich verschoben. Jade war verheiratet und hatte ein kleines Kind und Riley hastete von einer Deadline zur anderen. In der Vergangenheit hatten sie und Jade mindestens vier Mal pro Woche telefoniert. Jetzt schafften sie es höchstens, sich alle paar Tage eine Nachricht zu schicken. Und der Abend, als Riley und Josh beschlossen hatten, dass Riley die Pille absetzen würde, war *ihr* monumentaler Moment gewesen. Aber war das nicht der Lauf der Dinge? Dass sich ihr Leben mit denen veränderte, die sie so sehr – oder noch mehr – liebten wie die allerbeste Freundin?

»Es ist nur eine Frage der Zeit, bis wir eine Babyparty für

dich steigen lassen, Ri«, sagte Max aufgeregt. »Vielleicht ja auch für euch drei: für dich, Lacy und Savannah. Das wäre doch lustig, oder?«

Bevor Riley antworten konnte, ergriff Jade ihre Hand. »Vielleicht wirst du sofort schwanger. Dann könnten unsere Babys in die gleiche Klasse gehen und so zusammen aufwachsen wie wir beide.«

Rileys Herz pochte wie wild, und sie musste sich zusammenreißen, um Jade nicht alles zu erzählen. Aber Josh und sie hatten eine gemeinsame Entscheidung getroffen und sie würde ihn niemals auf diese Weise verraten.

»Das hoffe ich sehr.« Ihre aufrichtigen Worte lösten einen Schwall ermutigender Kommentare aus.

Umgeben von süßem Babygeplapper, heiterem Getuschel und der wohligen Wärme der Familie ließ Riley die Hand über ihren Bauch gleiten, als sie wieder aus dem Fenster schaute. Wie von selbst fanden ihre Augen ihren gut aussehenden Verlobten. Im selben Moment drehte sich Josh um und musterte die Fenster, als spürte er, dass sie ihn beobachtete. Ihre Blicke trafen sich, die Luft zwischen ihnen knisterte vor Elektrizität, und die Liebe, die sie trug, war so echt und so beständig wie die Berge ringsum.

Josh und seine Brüder standen im Garten und überlegten, was vor der Hochzeit noch getan werden musste. Während Rex die Wegbeschreibung zum Holzschuppen studierte, die Charlotte gezeichnet hatte, ging Josh die anderen Punkte auf ihrer Liste durch. Sobald sie den Holzschuppen gefunden hatten, würden sie sich an den Bau des Pavillons machen, eine zeitraubende, aber machbare Aufgabe. Rex und Jack waren Experten, wenn es darum ging, etwas aufzubauen. Die Geländer an der Terrasse zu reparieren und die Lichter anzubringen war ein Kinderspiel. Aber war die Terrasse auch kindersicher? Josh hatte keine Ahnung, was »kindersicher« eigentlich bedeutete, aber es war höchste Zeit, dass er es lernte. Zuerst mussten sie jedoch den Holzschuppen finden.

»Soll das ein Witz sein?« Rex starrte genervt auf Charlottes Lageplan.

»So schlimm kann es doch nicht sein.« Jack nahm ihm den Plan ab und gluckste. »Okay, vielleicht doch. Herzbaum? Was ist ein Herzbaum?«

Hal räusperte sich und streichelte Hope.

Treat riss Jack den Zettel aus der Hand. Mit seinen fast zwei Metern war er ebenso groß wie sein Vater und ein paar Zentimeter größer als seine Geschwister. »Max hätte sich diese Anweisungen niemals ohne Erklärung geben lassen.« Er studierte den Plan. »Schneewittchens Haus? Das ist ja wie eine Schnitzeljagd im Märchenwald. Ich glaube, da will uns jemand auf den Arm nehmen. Wartet mal. Ich frage eben nach.«

Hal legte einen Arm um Joshs Schulter. »Eure Mutter hätte einen Heidenspaß, wenn sie euch hören würde«, sagte er.

»Weil ihre Söhne völlig im Dunkeln tappen?«, fragte Josh.

Hal zuckte mit den Schultern. »Sie hätte nie nach dem Weg gefragt. Sie würde diesen Lageplan nehmen und einfach drauflosgehen. Und gespannt sein, was ihr unterwegs begegnet.«

Treat zog sein Handy hervor und rief Max an. »Süße, wir haben Probleme mit diesem Lageplan.« Er hörte mit hochgezogenen Augenbrauen zu und dann glitt ein leises Lächeln über sein Gesicht. »Hört sich gut an. Danke, Liebes. Wie geht's den Kindern? Okay. Klar. Gib sie mir mal.« Zu den anderen gewandt sagte er: »Adriana will mich sprechen. Moment.« Als er der Stimme seiner Tochter lauschte, wurde sein Lächeln breiter. »Okay, Schatz. Ich sag's ihm. Ja. Ja. Okay, ich hab dich lieb, Kleines.«

»Nun?« Rex verschränkte die Arme. Sein Bizeps zuckte vor Ungeduld, als Treat sein Handy zurück in die Tasche schob.

»Adriana meint, Hugh sollte wissen, dass sich Dylan zu Weihnachten einen Rennwagen wünscht«, erklärte Treat.

»Das ist ein Junge nach meinem Herzen«, sagte Hugh. »Christian hat schon ein kleines Gokart. Ich kann eins für Dylan machen lassen.«

»Adriana hat auch gesagt, dass sie nicht will, dass du ihm einen schenkst, weil sie zu gefährlich sind.« Treat legte Hugh eine Hand auf die Schulter. »Bevor du also etwas bauen lässt, würde ich vorschlagen, dass du die Sache mit Max und Adriana besprichst. Mach dich auf was gefasst.«

»Ach, komm schon, Bruder«, sagte Hugh. »Gokarts gehören einfach dazu.«

»Dann hast du also kein Problem damit, wenn ich Christian beibringe, wie man mit Haien taucht, sobald er alt genug ist?« Dane nickte Treat zu. *Ich bin auf deiner Seite*, schien er ihm sagen zu wollen.

»Das ist etwas völlig anderes«, wandte Hugh ein. »Einen Hai hast du nicht unter Kontrolle.«

»Aber ein Rennauto schon?«, spottete Dane. »Nun mach aber mal halblang.«

»Wir reden über Gokarts, nicht über Rennwagen«, sagte Hugh. »Und warum bist du so pedantisch? Du bist doch auch damit gefahren, als wir jünger waren. Wie ich schon sagte, es gehört halt einfach dazu.«

»Wenn du verheiratet bist, zieht das nicht mehr als

Argument«, erinnerte Jack sie. »Gemeinsame Entscheidungen, Kompromisse. So geht es zu im Hafen der Ehe.«

»Zum Glück sind Riley und ich einer Meinung, wenn es um Kinder geht«, sagte Josh leise.

»Das ist keine Garantie«, erwiderte Hugh. »Du könntest ein Kind haben, das in meine Fußstapfen treten will, oder in Treats oder Rex'. Oder eins, das wie Dane mit Haien schwimmen will. Du kannst nicht steuern, was Kinder wollen.«

»Nein, aber ich kann steuern, was ich ihnen erlaube«, antwortete Josh.

»Ich weiß nur, dass ich meinen Sohn weder an Haie noch an Rennautos heranlasse«, meinte Rex. »Von mir aus kann er sich seinen Hintern auf einem Traktor oder einem Pferd plattsitzen. Können wir uns jetzt vielleicht konzentrieren? Lieber Himmel, Josh wird niemals heiraten, wenn wir den ganzen Tag lang herumtrödeln. Was hat Max zu dem Lageplan gesagt?«

»Anscheinend meinte Charlotte, wir würden jeden Orientierungspunkt verstehen, wenn wir ihn sehen.« Er zuckte die Achseln. »Wir haben viel zu tun. Ich schlage vor, wir teilen uns auf.«

»Rex«, sagte Hal mit seiner tiefen Stimme, die sofort alle Aufmerksamkeit fesselte. »Komm du doch mit mir und Josh zum Holzschuppen. Dane und Hugh, ihr bringt die Lichter an. Treat und Jack, ihr übernehmt die Geländer. Überprüft alle Terrassen, nicht nur diese. Hinterlasst einen Ort immer in einem besseren Zustand als der, in dem ihr ihn vorgefunden habt. Und wenn wir zurück sind, können wir anfangen, das Ständerwerk für den Pavillon zu bauen, und uns überlegen, wie zum Teufel wir die Terrasse kindersicher kriegen.«

Treat nickte den anderen zu. »Ihr habt's gehört. Also los.« Er klopfte ihrem Vater auf den Rücken. »Ist es okay für dich, durch den Wald zu wandern?«

Es war kein Geheimnis, dass Hal immer noch mit verzweifelter Liebe an Adriana hing, und alle wussten, dass er glaubte, durch Hope mit ihr kommunizieren zu können. Vor ein paar Jahren war er mit Symptomen ins Krankenhaus eingeliefert worden, die einem Herzinfarkt ähnelten. Die Diagnose lautete Broken-Heart-Syndrom, ein Phänomen, das sich mit denselben Anzeichen bemerkbar macht wie ein Herzinfarkt. Seine Kinder waren erleichtert gewesen, dass es nichts Schlimmeres war, doch der Befund hatte sie auch erschüttert. Seitdem beobachteten sie ihn aufmerksamer.

»Mein Junge, deine Mutter und ich haben so viel Zeit zusammen in diesen Wäldern verbrachte, dass ich mich mit verbundenen Augen zurechtfinden würde. An dem Tag, an dem ich keinen Waldweg mehr entlanggehen kann, ist es an der Zeit, mich zu begraben. Bis dahin vertraue darauf, dass dein alter Vater mit so gut wie allem klarkommt.«

»Moment mal«, sagte Rex mit verkniffener Miene. »Wenn du dich hier so gut auskennst, dann weißt du auch, wie man zum Holzschuppen kommt. Warum hast du nichts gesagt?«

Hal lachte. »Weil eure Mutter es immer geliebt hat, euch Jungs dabei zuzusehen, wie ihr euch im Kreis dreht.« Er trat vor und bedeutete Rex und Josh, ihm zu folgen. »Lasst uns gehen, bevor die Frauen rauskommen und uns fragen, warum wir hier untätig herumstehen.«

Der Duft von Kiefern hing in der Luft, als Josh seinem Vater durch den Wald folgte. Der Weg schlängelte sich zwischen hohen Bäumen und Dornenbüschen hindurch. Das Knacken der Zweige unter ihren Füßen erinnerte ihn an seine Jugend, als er mit seinen Geschwistern auf dem Anwesen ihrer Familie herumgestreunt war.

Rex stieß Josh den Ellenbogen in die Rippen und deutete auf Hope, deren mächtiger Körper hinter einem Baum zum Vorschein kam. Sie mussten beide lachen. Hope hatte die Angewohnheit, sich anzuschleichen.

»Meinst du nicht, sie sollte auf der Weide am Stall stehen?«, fragte Josh.

Sein Bruder wies mit dem Kinn auf den breiten Rücken ihres Vaters. »Er hat gesagt, sie kennt sich hier genauso gut aus wie er.« Er hob eine dichte schwarze Augenbraue. »Und ich vermute, dass er recht hat.« Schweigend gingen sie nebeneinander her. Schließlich fragte Rex: »Bist du nervös?«

»Wegen morgen? Nicht wirklich. Ich will nur, dass alles glatt läuft, damit Riley die perfekte Hochzeit bekommt, von der sie immer geträumt hat. Es ist schlimm genug, dass wir uns dafür verstecken müssen.«

»Die wird sie nicht bekommen«, meinte Rex mit ernster Stimme. »Niemand bekommt eine perfekte Hochzeit, außer vielleicht Treat. Ehrlich! Dieser Mann hat mehr Glück als Verstand. Verdammt, Jade und ich haben in einem Krankenhaus geheiratet. Das kannst du nicht toppen. Egal, ob ihr auf der Terrasse oder in einem wunderschönen Resort heiratet: Wichtig ist nur, dass Riley deine Frau wird, und der Moment, in dem das passiert, überstrahlt alles, was vielleicht schiefgegangen ist.«

In dem Moment wieherte Hope und die beiden Männer lächelten.

Hal ging schweigend durch das hohe Gras. Sie folgten ihm um eine Ansammlung großer Steine zu einem steilen Abhang.

»Brrr, Mädchen.« Rex streckte den Arm aus, damit Hope nicht zu dicht an den Abgrund trat.

Die Stute blieb stehen und drückte ihm den Kopf an die

Brust. Er strich ihr über die Wange. »Braves Mädchen.«

Josh stellte sich zu seinem Vater an die zerklüftete Felsformation. Dicht am Rand wuchs knorrig und krumm eine Bergkiefer über den Rand des Abgrunds hinaus. Es sah aus, als wollten kräftige Winde sie wegpusten und sie weigerte sich, loszulassen und in die Tiefe zu stürzen. Zweige wie knotige, betagte Hände breiteten ihre stacheligen grünen Nadeln aus.

Hal blinzelte gegen die Sonne und blickte auf das Tal hinunter. »Hier war einer der Lieblingsplätze eurer Mutter.«

Rex trat neben Josh, ohne Hope aus den Augen zu lassen, die offenbar froh war, unter den Bäumen stehen bleiben zu können. »Es ist schön hier, so viel steht fest.«

»Genau wie eure Mutter.« Hal wies mit dem Kinn zu der Kiefer, eine typische Geste, die Rex so perfekt übernommen hatte, dass Josh seinen Bruder in dieser Bewegung sah.

Josh fiel auf, dass sich auf den sonnengebräunten Wangen seines Vaters ein paar weitere tiefe Rillen eingegraben hatten. Eine leichte Brise fuhr Hal durchs Haar, und Josh wurde bewusst, dass es mittlerweile eher silbern als schwarz war. Sein Vater wirkte immer noch wie der starke Mann, der er immer gewesen war, und es fiel Josh schwer, die Realität zu akzeptieren. Hal wurde alt, das war nicht zu leugnen, obwohl er sich durch die Arbeit auf der Ranch seine kräftige Statur bewahrt hatte. Josh war froh, dass er und Riley darüber nachdachten, wieder nach Weston zu ziehen. Er wollte so viel Zeit wie möglich mit seinem Vater verbringen.

»Das ist der Herzbaum«, sagte Hal stolz. »Eure Mutter wollte überall Spuren hinterlassen. Als Charlotte noch klein war, nannte sie diesen Baum den Herzbaum. Daran hat sich offensichtlich nichts geändert.«

Josh sah sich die Kiefer genauer an und bemerkte ein

eingeritztes Herz direkt unter einem Bogen, den zwei zusammengewachsene Stämme bildeten. In dem herzförmigen Umriss sah er die Initialen seiner Eltern mit einem Pluszeichen dazwischen. Nach allem, was er aus Erzählungen über seine Mutter und von den Fotos von seinen Eltern wusste, fiel es ihm nicht schwer, sich die beiden an diesem Ort vorzustellen.

»Ich wünschte, sie wäre jetzt hier«, sagte Josh aufrichtig. »Für dich, Dad, und auch für mich.« Bisher hatten sie nie wirklich über den Tod der Mutter gesprochen, und die Frage, die Josh seit Jahren beharrlich zur Seite geschoben hatte, bahnte sich einen Weg an die Oberfläche. Zum ersten Mal in seinem Leben versuchte er nicht, den Schmerz zu unterdrücken, der damit einherging, oder seinen Wunsch nach Antworten zu ignorieren.

Rex stieß laut hörbar die Luft aus, verschränkte die Arme und ließ den Blick über den Abhang schweifen.

»Mach dir keine Gedanken, mein Junge«, sagte sein Vater. »Sie ist immer bei mir.«

»Meinst du, sie wusste es?« Die Worte auszusprechen, war schwieriger, als er erwartet hatte. »Du erzählst immer, dass Mom spirituell war und dass sie stets bei dir ist. Aber glaubst du, sie wusste, dass ihr Leben schon in jungen Jahren zu Ende sein würde?«

»Können wir vielleicht über etwas anderes reden?«, murrte Rex.

»Tut mir leid, Rex. Ich weiß, dass du nicht gerne darüber sprichst, aber du hast sie gekannt. Ich habe keine Erinnerung an sie und möchte … ich weiß nicht, wie ich es sagen soll … Ich versuche, die Lücken zu schließen, glaube ich.«

Rex kniff die Lippen zusammen. »Sag mir, wo der Holzschuppen ist. Dann fange ich schon mal mit der Arbeit an, während ihr zwei in Erinnerungen schwelgt.«

»Rex —«

Hal packte Josh am Arm und schüttelte den Kopf. »Rex, geh Richtung Süden, bis du das Dach siehst, dann an den Koniferen links. Du findest dich schon zurecht. Hope führt dich.«

»Lieber Himmel«, sagte Rex leise. Er klopfte sich auf den Oberschenkel und schnalzte leise mit der Zunge, als wollte er einen Hund rufen. Hope kam gemächlich angetrottet und Rex stieg auf. »Wir sehen uns am Schuppen.«

»Ich wollte ihn nicht verletzen«, sagte Josh entschuldigend.

»Du hast ihn nicht verletzt. Über eure Mutter zu sprechen lenkt seine Gedanken in eine Richtung, die ihm nicht behagt. Dieser Junge liebt Jade und den kleinen Hal mehr als das Leben selbst. Wenn er an eure Mutter denkt, bekommt er Angst, die beiden zu verlieren.« Hal legte Josh den Arm um die Schultern und ging mit ihm in die Richtung, in die Rex mit Hope verschwunden war.

»Wenn es dir schwerfällt, müssen wir nicht darüber reden«, meinte Josh.

»Über deine Mutter zu sprechen fällt mir nicht schwer. Ihr Gesicht ist immer noch das Erste, was ich sehe, wenn ich aufwache, und am Ende eines langen Tages ist es das Bild, das ich sehe, wenn ich meine Augen schließe.«

»Fühlst du dich nicht einsam, Dad?« Aus irgendeinem Grund hatte er sich das in letzter Zeit oft gefragt.

»Einsam?« Das herzliche Lachen seines Vaters legte sich wie ein warmes Tuch um Joshs Schultern. »Ich habe sechs Kinder großgezogen, und jeder von euch hat einen Schwiegersohn oder eine Schwiegertochter in die Familie gebracht, die ich liebe wie mein eigen Fleisch und Blut. Und inzwischen sind wir mit wunderbaren Enkelkindern gesegnet. Junge, in meinem Leben gibt es keinen Platz für Einsamkeit, und das ist wahrscheinlich genau das, was deine Mutter die ganze Zeit geplant hatte.«

Josh sah seinen Vater zweifelnd an. »Also denkst du, sie wusste es?«

Hal schüttelte den Kopf. »Nein, Josh. Das konnte sie nicht wissen …« Er hielt inne und runzelte nachdenklich die Stirn. Einen langen Moment später sagte er: »Alles, was ich weiß, ist, dass mein liebes Mädchen auf uns herunterlächelt und glücklich ist, weil sich unsere Familie so nahesteht wie eh und je.«

Josh glaubte ihm von ganzem Herzen.

Ein kleines Haus im Tudorstil kam in Sicht, und tatsächlich sah es aus wie Schneewittchens Hütte mit den zwei Dreiecksgiebeln, die fast bis zum Boden reichten, und einer bogenförmigen Tür aus altem Holz.

»Bevor wir geheiratet haben, kamen deine Mutter und ich hierher zu unseren Freunden – Charlottes Eltern – zu Besuch, und hier haben wir in dieser Zeit gewohnt. Natürlich in getrennten Schlafzimmern«, fügte er grinsend hinzu.

Josh wusste nicht recht, wie er dieses Grinsen deuten sollte, aber nachfragen wollte er auch nicht. Er hoffte, dass seine Eltern jede gemeinsame Sekunde ausgenutzt hatten, die ihnen vergönnt gewesen war. So wie er es mit Riley machen wollte. Und als sie zu dem Holzschuppen direkt hinter dem Haus gingen, wo Rex gerade einen kleinen Anhänger belud, kam Hope auf sie zu, und Josh hätte schwören können, dass ihre Augen ein wenig heller strahlten als sonst.

In der Küche duftete es himmlisch. Riley und die anderen Frauen hatten den ganzen Nachmittag gebacken und an den Vorbereitungen für das morgige große Ereignis gearbeitet. Vier Schichten einer weißen Hochzeitstorte standen zum Abkühlen auf dem Küchentresen, und Riley lief bei jedem Atemzug das Wasser im Mund zusammen, während sie und Brianna Erdbeeren in Schokolade tunkten. Die Schokoladenganache war fertig und schmeckte wunderbar (sie hatten sie mehrmals probiert, um ganz sicher zu sein). Jade schnitt Gemüse für Kebabs, und Savannah und Lacy stachen Formen aus Früchtescheiben aus, um einen Obstsalat daraus zu machen. Aus Jades iPhone drangen Countrymusik und Top-40-Songs, und sie tanzten und sangen bei der Arbeit, während zwei kleine, hilfsbereite Kinder ihnen ständig vor die Füße liefen.

»Bitte, lass mich rühren!« Christian zupfte Max, die die Marinade für die Steaks mischte, am Hemd. Sie verwendete ein Rezept von Joshs Mutter, das Savannah unter den alten Rezeptkarten gefunden hatte.

»Ich bin dran«, protestierte Dylan. »Du warst vorhin an der Reihe.«

»Ihr dürft beide noch einmal rühren.« Max stand zwischen

den beiden Jungen, die rechts und links von ihr auf Stühle stiegen.

Riley warf einen Blick aus dem Fenster. »Da kommt Grandpa Hal.«

»Jaaa!«, riefen Dylan und Christian wie aus einem Munde. Sie kletterten von ihren Stühlen und rannten zur Tür, um ihren Großvater zu begrüßen.

Max lachte. »Nun, ich denke, jetzt wissen wir, wo ihre Prioritäten liegen.«

Aus dem Babyfon erklang jämmerliches Weinen und Lacy seufzte. Sie hatte Finn erst vor zwanzig Minuten hingelegt. »Mein armer Junge. Kennt denn niemand ein gutes Mittel gegen das Zahnen?«

»Brandy«, schlug Brianna vor. Sie tauchte eine Erdbeere in die flüssige Schokolade und legte sie zum Abkühlen auf Wachspapier. »Nicht, dass ich es versucht hätte, aber das höre ich immer wieder.«

»Hm.« Lacys blaue Augen leuchteten auf. »Das Kind ordentlich abfüllen. Klingt super ... wenn ich eine schlechte Mutter wäre, würde ich es glatt machen.«

Alle lachten.

»Brianna meinte wahrscheinlich, der Brandy würde *dir* guttun«, wandte Jade ein.

»Ich bleibe bei meinem Wein.« Lacy trank einen Schluck, stellte ihr Glas dann auf dem Küchentresen ab und ging zur Treppe. »Aber mein armer Kleiner tut mir trotzdem leid.«

Hal kam in die Küche und nahm die beiden Jungen auf den Arm, den einen rechts, den anderen links. »Lasst uns gehen, ihr kleinen Racker.«

»Dad, du solltest sie besser nicht tragen«, mahnte Savannah.

»Unsinn.« Er trug die kichernden Jungen ins Wohnzimmer,

wo Brianna und Max Spielsachen, Filzmaler, Buntstifte und die Pappsterne bereitgestellt hatten, die die Mädchen ausgeschnitten hatten. Sie sollten auf Schnüre aufgezogen und als Dekoration verwendet werden.

»Mom, können Adriana und ich Daddy fragen, ob er uns jetzt beim Haarschmuck hilft?«, fragte Layla.

»Er ist auf der Terrasse beschäftigt, Schatz«, antwortete Brianna. »Sie werden euch holen, wenn sie so weit sind.«

»Ich bringe sie hin.« Savannah legte ein sternförmiges Stück Honigmelone auf eine Platte und hob Adam aus dem Hochstuhl auf ihre Hüfte. »Wir gehen besser an die frische Luft, bevor ich anfange, die Erdbeeren zu verschlingen.«

»Bevor du damit anfängst?« Riley zog eine Augenbraue hoch. Sie hatten alle schon einiges von den süßen Leckereien gegessen. Sie konnten von Glück sagen, wenn noch welche für die Hochzeit übrig blieben. Ihr Telefon klingelte, und sie wischte sich die Hände ab, bevor sie es aus der Tasche zog.

»Gerettet!«, sagte Savannah und fügte dann in verschwörerischem Flüsterton an Adriana und Layla gewandt hinzu: »Los, Mädels, nehmen wir uns jeder noch eine letzte Erdbeere, solange Tante Riley telefoniert.«

Kichernd schnappten sie sich die Erdbeeren und eilten zur Tür hinaus.

»Hallo, Schätzchen«, sagte Rileys Mutter am Telefon. »Hallo? Bist du da?«

»Ja, entschuldige, Mom. Es ist ein bisschen durcheinander hier. Wo seid ihr?« Ihre Eltern hätten schon vor einer Stunde ankommen sollen.

»Es tut mir leid, aber dein Vater und ich sind spät dran. Wir werden irgendwann nach dem Abendessen bei euch sein.«

»Nach dem *Abendessen*?« Rileys Herz pochte aufgeregt. Sie

redete sich ein, dass ein paar Stunden mehr oder weniger kaum einen Unterschied machen würden, aber sie vermisste ihre Eltern, und es war so ein wichtiges Wochenende für sie. »Ich hatte mich wirklich darauf gefreut, den Tag mit euch zu verbringen.«

»Ich auch, Liebling. Aber dein Vater und ich …« Sie verstummte einen Moment, dann räusperte sie sich und fuhr fort: »Wir mussten ein paar Dinge erledigen und hatten nicht damit gerechnet, dass es so lange dauert. Wir kommen so schnell wie möglich.«

Riley seufzte. »Okay, aber ist alles in Ordnung?«

»Mm-hm. Alles bestens. Mach dir keine Sorgen um uns. Wir sind bald bei euch.«

»Mom, bist du sicher? Stimmt etwas nicht mit Daddy? Du hörst dich irgendwie komisch an.« Sie sah Jade auf dem Weg ins Wohnzimmer vorbeigehen.

»Nein, Schatz, es geht ihm gut«, versicherte ihre Mutter. »Wir haben letzte Nacht nicht gut geschlafen und hatten heute früh einfach Mühe, in die Gänge zu kommen. Wir sind in ein paar Stunden da. Ich hab dich lieb, Schatz. Mach dir eine schöne Zeit mit den Mädels. Und ich kann es kaum erwarten, dich zu sehen.«

Sie unterhielten sich noch ein paar Minuten, und als sie aufgelegt hatten, war Riley beinahe davon überzeugt, dass es ihren Eltern gut ging.

Beinahe.

Bei so einem großen Ereignis nicht von Anfang an dabei zu sein, passte gar nicht zu ihrer Mutter. In Gedanken noch ganz bei dem merkwürdigen Anruf ging Riley ins Wohnzimmer. Jade gab den kleinen Hal gerade an seinen Großvater weiter und schmatzte ihrem Baby dann einen Kuss auf die Wange. Sie sah glücklich und wunderschön aus in ihrer abgeschnittenen Jeans und den Cowgirlstiefeln. Seit ihrem neunzehnten Lebensjahr hatte sie sich überhaupt nicht verändert. Nur sah sie jetzt noch glücklicher aus, was Riley nie für möglich gehalten hätte, denn Jade hatte immer schon vor Lebensfreude nur so gesprüht.

»Macht es dir auch bestimmt nichts aus?« Jade warf einen Blick auf Dylan und Christian. Sie saßen am Tisch und malten Sterne aus. »Schließlich musst du dich ja schon um diese beiden Gauner hier kümmern.«

Die Jungen kicherten.

Hal drückte dem Baby einen Kuss auf die Stirn. »Schätzchen, das sind nur halb so viele, wie ich damals hatte.«

»Okay, melde dich, wenn du uns brauchst.« Jade ging in die Richtung zurück, aus der sie gekommen war, und als sie Riley sah, wurde ihre Miene ernst. »Oh-oh. Was ist los?«

»Nichts.«

Jade stemmte die Hände in die Hüften und runzelte die Stirn. »Riley Banks, sag mir, was los ist, oder ich schwöre ...«

Riley hob eine Augenbraue. »Du schwörst was?«

»Ach, verdammt. Mir fällt nichts ein.« Jade lachte, nahm Riley bei der Hand und zog sie quer durch das Wohnzimmer zum Arbeitszimmer. »Komm, wir sehen uns dein Kleid an. Das sollte ein Lächeln auf dein hübsches Gesicht zaubern.«

Riley hatte Mühe, mit ihr Schritt zu halten. »Warum hast du es hier unten hingehängt?«

»Na, Dummchen, das ist doch wohl klar. Oder willst du morgen auf den Stufen über deine Schleppe stolpern und die Treppe auf dem Hinterteil hinuntersausen?«

»Nein, natürlich nicht. Daran hatte ich überhaupt nicht gedacht.«

»Musst du auch nicht. Als Trauzeugin habe ich dafür zu

sorgen, dass du deinen Verstand, der vor lauter Nervosität sowieso kaum funktioniert, nicht überanstrengst.« Jade wies auf die Tür des Arbeitszimmers. An der gegenüberliegenden Wand reihte sich ein Bücherregal an das andere. Sie waren aus edlem Mahagoniholz gefertigt und bis zum Rand vollgestellt mit Büchern. Zu ihrer Linken befand sich ein gewaltiger gemauerter Kamin, flankiert von zwei riesigen Fenstern mit Blick auf den Garten.

Riley betrat den Raum. Ihr Hochzeitskleid hing an einem hölzernen Kleiderständer, der in einem so eleganten Arbeitszimmer fehl am Platz wirkte. An der Tür, die zum Esszimmer führte, waren die Kleider der Brautjungfern.

Rileys Herz machte einen Satz, wie jedes Mal, wenn sie das wunderschöne Kleid sah. Josh und sie hatten es entworfen und die Entwürfe immer wieder abgewandelt, bis jeder Faden im spitzenbesetzten trägerlosen Oberteil und jeder Zentimeter des mehrlagigen Tüllrocks perfekt saßen. In die Spitze hatten sie Applikationen eingearbeitet, die an die Rosen erinnerten, die Josh ihr an dem Abend überreicht hatte, als er um ihre Hand anhielt. Riley dachte an die langen Stunden, in denen sie Seite an Seite gearbeitet hatten, und war wieder einmal überzeugt, dass sie die idealen Partner waren. Ihre Hand ging unwillkürlich zu ihrem Bauch und die Gefühle drohten, ihr die Kehle zuzuschnüren. Offenbar ahnte Jade, was in ihr vorging, denn sie drückte Rileys Hand.

»Es ist atemberaubend, Ri. Ich kann die Liebe spüren, die ihr beide in das Design gesteckt habt.«

Riley presste die Lippen zusammen, als eine weitere Gefühlswoge sie zu überrollen drohte, und nickte stumm, um nicht mit ihrem Geheimnis herauszuplatzen. Savannah trat ins Arbeitszimmer und legte ihnen beiden einen Arm um die

Schultern.

»Wo sind die Mädchen?«, fragte Jade.

»Treat hilft ihnen, den Haarschmuck zu binden. Er macht das richtig gut. Er meint, unsere Mutter hätte ihm gezeigt, wie es geht.« Savannah grinste. »Junge, ich wünschte, das hätte ich gewusst, als wir kleiner waren. Denkt nur, wie ich ihn damit hätte aufziehen können. Jetzt finde ich es einfach nur süß. Dieser Kerl von einem Mann hilft zwei kleinen Mädchen, die ihn anhimmeln.«

»Und wo ist dein kleiner Mann?«, fragte Riley.

»Bei meinem Vater. Der ist in seinem Element, mit vier Jungs, um die er sich kümmern muss. Er wird sie in kürzester Zeit auf der Ranch anheuern.«

Jade lachte. »Vielleicht sollten wir Finn und Adam heute in seinem Zimmer schlafen lassen. Ob er morgen früh immer noch so begeistert ist, wenn er in der Nacht dreimal aufstehen und nach ihnen sehen musste?«

»Wo wir gerade vom nächtlichen Aufstehen sprechen: Ich habe nach Lacy gesehen. Finn ist endlich eingeschlafen und sie ist direkt neben ihm auf dem Bett eingenickt. Ich dachte, ich lasse sie schlafen.«

»Ja, sie soll sich ausruhen«, sagte Jade. »Die Arme ist wahrscheinlich völlig erschöpft.«

Savannah strich mit den Fingern über die knielangen Kleider der Brautjungfern. »Die sind so schön. Und da jedes Kleid ein bisschen anders ist, können wir sie auch nach der Hochzeit noch tragen.«

»Die hat Josh entworfen.« Riley war froh, dass sie ihre Gefühle wieder unter Kontrolle hatte. »Eine moderne Interpretation des klassischen Stils.« Sie wies auf das plissierte Oberteil und den ausgestellten Rock. »Der Schnitt eignet sich für eine rundliche Figur ebenso wie für superschlanke Frauen. Und die kleinen Perlen am Ausschnitt funkeln hübsch, nicht wahr?«

»Definitiv.« Jade packte Riley an den Schultern und drehte sie so, dass sie ihr in die Augen sehen konnte. Ihr verständnisvoller Blick war Riley so vertraut, dass sie ihn im Schlaf hätte heraufbeschwören können. »Also, was ist mit deiner Mutter?«

»Woher weißt du, dass sie es war, mit der ich telefoniert habe?«

»Weil alle anderen, die dich so besorgt aussehen lassen könnten, hier bei uns sind.«

»Hab ich etwas verpasst?«, fragte Savannah.

»Nicht wirklich. Meine Mutter hat angerufen. Sie hat gesagt, dass sie nicht gut geschlafen haben und spät dran sind.«

»Oh, das ist doch nicht so schlimm, oder?«, fragte Savannah.

Riley nickte. »Aber etwas in ihrer Stimme klang seltsam.«

»Vielleicht sind es einfach nur deine Nerven, die dir einen Streich spielen.« Jade umarmte sie. »Was meinst du: Sollen wir die Hochzeitstorte fertig machen, bevor die Kinder darüber herfallen?«

Zwanzig Minuten später lagen die vier Schichten der Hochzeitstorte auf dem Tisch, ein Eimer mit fertigem Fondant stand bereit, und ihre fünf zukünftigen Schwägerinnen drängten sich dicht an dicht und warteten darauf, dass Riley ihnen zeigte, was sie bei ihrer Freundin Molly gelernt hatte. Riley griff nach der Schüssel mit der Ganache.

»Wofür sind die Kugeln?« Savannah deutete auf eine Schale mit kleinen Perlen.

»Dekoration«, antwortete Riley. »Sie sind essbar, und ich dachte, wir könnten an den Rändern Wellenmuster daraus legen.«

»Sind nicht alle *Kugeln* essbar?«, fragte Jade.

Riley lachte. Typisch Jade, sie hatte wirklich immer einen anzüglichen Spruch parat.

»Stellt euch bloß vor, wie gut sie mit der Schokoladencreme schmecken«, rief Brianna. »Diese Ganache ist so gut. Ich kann es kaum erwarten, sie noch mal zu probieren!«

»Auf ein paar Kugeln?« Savannah versuchte, ein Lachen zu unterdrücken, aber dann prustete sie doch los und die anderen stimmten in ihr Gelächter ein.

Auf Briannas Wangen breitete sich flammendes Rot aus. »Ich meinte nicht …«

»Ist schon okay, Brianna«, sagte Max und kicherte leise. »Ein bisschen Verderbtheit steht dir ganz gut. Aber von mir wirst du nichts über Treats … *Perlen* erfahren.«

Riley krümmte sich vor Lachen. »Perlen! Dabei fällt mir ein: Ihr sollt keine Perlenketten zu den Brautjungfernkleidern tragen.«

»Oh mein Gott.« Max verbarg das Gesicht in den Händen.

»Perlen? Rexy hat keine Perlen, sondern Tennisbälle«, brachte Jade lachend hervor. »Hmm, Schokolade auf Sexy Rexys –«

»He, vergiss nicht, dass ich seine Schwester bin!«, ermahnte Savannah sie. »Und die – ähm, Weichteile meines Bruders will ich mir lieber nicht vorstellen.«

Jade und Riley gaben sich alle Mühe, sich zu beruhigen. »Entschuldigung«, sagten sie wie aus einem Munde.

Riley zog die Plastikfolie von der Schüssel und alle starrten wie gebannt auf die Schokoladenganache.

»Sieht perfekt aus«, erklärte Max.

Sie tauschten einen verschmitzten Blick, steckten alle gleichzeitig einen Finger in die Schüssel und leckten genüsslich die Schokolade ab.

Max sah Jade an. »Wag es bloß nicht.«

Jades Augen funkelten übermütig. »Was denn?«

»Du wolltest doch bestimmt etwas über Ablecken oder Schokolade loswerden, oder?«, sagte Max. »Und jetzt lasst die Finger aus der Schüssel.«

»Ja, Mom«, sagte Savannah.

Max verdrehte die Augen. »Ich versuche nur, den Austausch von Keimen auf ein Minimum zu beschränken.«

»Was wir an Keimen haben, haben wir sowieso schon überall verbreitet«, meinte Riley.

Grinsend tauchte Max ihren Finger wieder in die Schokoladencreme.

Jade funkelte sie an.

»Was ist?«, fragte Max. »Gleiches Recht für alle.«

»Schon gut.« Jade nahm einen Löffel und tunkte ihn in die Creme.

»Hey!« Riley zog die Schüssel weg. »Lasst noch was für die Torte übrig.« Sie griff nach einem Streichmesser und begann, die Ganache auf der untersten Tortenschicht zu verteilen. »Sie lässt sich nicht so leicht verstreichen, wie ich gehofft hatte.«

»Offenbar keine Gleitcreme«, sagte Brianna leise.

Alle verstummten und sahen belustigt zu Brianna hinüber, die kaum jemals eine anzügliche Bemerkung machte. Gleich darauf brachen sie wieder in schallendes Gelächter aus.

»Wir kriegen dieses Ding nie fertig. Es ist fast schon Zeit fürs Abendessen.« Riley fuhr fort, die Tortenböden zu bestreichen.

Als sie die Ganache aufgetragen hatte, wuschen sie sich die Hände und wechselten sich dabei ab, das Fondant mit den Handflächen zu kneten. Dann rollten sie es aus.

»Okay, jetzt wird's richtig schwierig«, sagte Riley und schob die unterste Tortenschicht neben die Fondantplatte.

»Ich denke, die Ganache ist fertig. Sie ist hart.« Max inspizierte die Tortenschicht genauer.

»Hart ist immer gut«, witzelte Jade.

Riley berührte die unterste Tortenschicht und ihr Herz sank. »Oh nein!«

»Was ist? Soll sie denn nicht hart sein?«, fragte Savannah.

»Nein!« Riley warf einen Blick auf die anderen Torten-schichten. Jede war von einer glänzenden Lage Schokoladen-ganache bedeckt und die war *hart*. »Das Fondant muss daran haften. Und dafür muss die Ganache noch weich sein. Das ist schrecklich. Ich habe die einzige Überraschung ruiniert, die ich für Josh habe.«

»Bist du sicher, Ri?« Jade stupste eine Fingerspitze in die Ganache. »Ich kann mir überhaupt nicht vorstellen, dass *hart* nicht gut sein soll.«

Riley warf ihr einen warnenden Blick zu. »Oh ja, ich bin mir ganz sicher.« Sie klopfte mit dem Streichmesser auf die feste Schokoladenschicht. »Es hat keinen Zweck. Ich habe die Eins-zwei-drei-Regel komplett vergessen!«

»Was ist das?« Savannah sah sie fragend an.

Riley ging ruhelos in der Küche auf und ab. »Molly hat es mir immer wieder eingetrichtert, aber ich habe mich so darauf konzentriert, die Ganache richtig hinzukriegen, dass ich über-haupt nicht mehr daran gedacht habe. Ganache, Fondant, Perlen. Eins, zwei, drei. Eine Tortenschicht nach der anderen, von Anfang bis Ende.«

Charlotte kam schwungvoll wie immer in die Küche gerauscht. »Mmh. Das sieht ja toll aus!«

»Aber alles für die Katz!« Riley sackte das Herz in die Hose, als sie es so unverblümt ausgesprochen hörte. Jade erklärte Charlotte, was passiert war.

»Können wir nicht einfach die Schokoladenschicht so lassen und etwas daraufstreichen, das klebrig genug ist, um darauf zu halten?«, schlug Brianna vor.

Ein Hoffnungsschimmer! »Ja, das könnte funktionieren. Gibt es hier in der Nähe ein Geschäft, Charlotte?«

»*In der Nähe* gibt es hier gar nichts.« Charlotte betrachtete den Kuchen. »Was brauchst du denn? Wie wär's mit Erdbeermarmelade?«

»Ja, vielleicht geht das«, sagte Riley und schickte ein stummes Stoßgebet gen Himmel.

»Schokolade und Erdbeeren passen wunderbar zusammen«, fügte Savannah hinzu.

»Dann ist ja alles okay.« Charlotte zeigte mit dem Finger auf sich. »Denn ich bin total verrückt nach *Luscious Leanna's Sweet Treat*-Marmeladen. Ich bestelle immer gleich ein Dutzend davon. Komm, ich zeig sie dir.«

Savannah stieß einen Begeisterungsschrei aus und erklärte, dass ihr Schwager Kurt Remington mit Leanna, der Frau hinter Luscious Leanna's Sweet Treats, verheiratet war. Und Riley dankte ihrem Glücksstern, dass das Schicksal die Sache mal wieder in die Hand genommen hatte. Vielleicht wurde es ja doch noch die perfekte Hochzeitstorte!

»Okay, Brüderchen, du bewegst jetzt deinen dürren Arsch die Leiter hoch und hängst diese Vorhänge auf«, sagte Rex grinsend und schubste Josh in Richtung Leiter. Dann spähte er über das Terrassengeländer zu Hope hinüber, die auf der Weide stand und friedlich graste.

Jack sah von seinem Platz neben dem Tisch auf und schüttelte den Kopf.

»Von wegen dürr. Du kannst mir vielleicht in den Hintern treten, aber im Smoking wirst du nie besser aussehen als ich.« Die Stoffbahnen waren bereits an Stangen befestigt, die in das Holzgestell eingehängt werden sollten, das sie gebaut hatten. Josh kletterte die Leiter hoch. Da die Hochzeit für den frühen Abend geplant war, hatten sie in der Mitte des Pavillons einen gläsernen Kronleuchter aufgehängt. Auch in diesem unfertigen Zustand konnte Josh erkennen, dass es genau so aussehen würde, wie sie es gehofft hatten: lässig und elegant zugleich.

»Aber Traualtäre bauen kannst du gut«, sagte er zu Rex. »Ich schätze, es lohnt sich, dich weitermachen zu lassen.«

»Sei vorsichtig da oben«, rief Hugh. Er hockte am Geländer und war damit beschäftigt, Netze zu spannen, damit sie nicht die ganze Zeit hinter den Spielsachen herjagen mussten, die zwischen den Geländerstangen hindurchrutschen würden.

In Cargoshorts und einem T-Shirt mit der Aufschrift »Brave Foundation« kletterte Dane auf die Leiter an der gegenüberliegenden Seite des Gerüstes, um Josh mit den Stoffbahnen zu helfen. Dane war weder so stämmig wie Rex noch so schlank wie Josh, sondern irgendwo in der Mitte. Als Taucher, Hai-Forscher und Begründer einer Stiftung, die sich um die Rettung von Haien und den Erhalt der Art bemühte, war Dane immer in Bewegung. »Bist du bereit, Bruderherz?«

»Okay, los geht's.« Josh wurde ganz aufgeregt, als er sah, dass der Pavillon Gestalt annahm. Fast genauso aufgeregt wie bei der Vorstellung, darunter zu stehen und endlich Rileys Ehemann zu werden.

Stoffbehänge in sattem Korallenrot, am Rand besetzt mit

Perlen und feiner Spitze und mit einem Futter aus funkelndem goldfarbenem Satin, sollten über zarten weißen Gardinen drapiert werden. Josh hatte die Vorhänge auf die Stange gezogen, dann mit einer schützenden Plastikfolie bedeckt und sie auf den Tisch neben der Stange mit den weißen Gardinen bereitgelegt. Morgen wollten sie die obere Stofflage mit Blumengirlanden raffen, sodass nur ein weißer Hauch darunter zu sehen sein würde. Die Girlanden würden die Mädchen am Vormittag binden.

Rex und Jack griffen nach der Stange mit den Vorhängen.

»Stopp«, sagte Josh von der Leiter aus. »Erst kommen die Gardinen.«

»Ach, verdammt. Muss es denn unbedingt so etwas Ausgefallenes sein?«, murmelte Rex und legte die Stange vorsichtig auf den Tisch zurück.

Jack lachte. »Vielleicht liegt es daran, dass ausgefallene Sachen sein Metier sind.« Er hob die Stange mit den leichten Gardinen an. Rex ergriff das andere Ende und reichte es Dane.

Josh und Dane befestigten die Stangen auf beiden Seiten des Gerüstes. Selbst in Plastikfolie gehüllt verwandelten die Gardinen die Holzkonstruktion von einem schlichten Pavillon in einen wunderschönen Traualtar.

»Und jetzt die Vorhänge?«, fragte Rex.

»Die Stoffbehänge«, korrigierte Josh ihn.

Rex verdrehte die Augen, als er und Jack ihren Brüdern die nächste Stange reichten. Während sie alles sicherten, dachte Josh an das Hochzeitsgeschenk, das er für seine schöne zukünftige Frau vorbereitet hatte, und an die Diskussion, wo sie nach der Geburt des Babys leben würden.

»Sieht gut aus.« Hugh richtete sich auf und wischte sich die Hände an den Jeans ab.

»Darf ich euch mal was fragen?« Josh befestigte das Ende der Stange am Gerüst und hielt es fest, während Dane das Ende auf seiner Seite anschraubte. »Wie ist es, an mehr als einem Ort zu leben? Ich meine, mit euren Kindern und dem, was ihr beruflich macht. Jack, ich weiß, ihr verbringt viel Zeit in den Bergen. Bringt das Adams Tagesablauf durcheinander?«

Jack runzelte die Stirn. »Es ist eher unser Tagesablauf, der auf den Kopf gestellt wird, als Adams. Zum Glück kann er überall und jederzeit schlafen wie ein Stein.«

»Ehrlich? Das ist wirklich ein Segen«, sagte Dane. Er hatte Mühe, sein Ende der Stange zu befestigen. »Hey, Rex. Gib mir mal den Hammer, ja?« Dane beugte sich vor, um das Werkzeug entgegenzunehmen. »Finn kriegt Zähne, also hat er eine gute Ausrede, nachts immer wieder aufzuwachen. Aber er war schon vorher eine verdammte Nachteule.« Er hämmerte auf die Holzbalken. »Ich könnte schwören, dass er nur dann gut schläft, wenn wir wach sind. Sobald wir die Augen zumachen, ist er hellwach.«

Rex lachte. »Ich schätze, wir haben Glück. Der kleine Hal schläft durch. Den bringt nichts aus der Ruhe.«

»Es kommt immer aufs Kind und auf das Alter an«, sagte Hugh. »Für Layla ist es schwierig, und es ist mühsam, Privatlehrer zu finden, ganz zu schweigen davon, dass wir uns ständig an neue Städte anpassen müssen. Selbst wenn wir wieder in Virginia sind, brauchen wir etwas Zeit, um uns wieder einzugewöhnen. Es ist kein normales Leben, deshalb habe ich ja auch meine Rennaktivitäten zurückgeschraubt. Wir versuchen, ein Gleichgewicht zu finden, das für uns alle funktioniert. Ich bin froh, dass du das angesprochen hast, weil ich etwas mit euch bereden wollte, bevor die Hochzeitsfeierlichkeiten losgehen.«

»Ist Brianna wieder schwanger?«, fragte Josh. Er wusste, dass

Riley hoffte, ihr Baby würde Cousins im gleichen Alter haben.

Hugh lachte. »Noch nicht, aber nicht, weil wir es nicht versucht hätten.« Er lehnte sich gegen das Geländer und sah zu, wie Josh und Dane herunterkletterten und die Leitern auf die andere Seite schleppten, um dort weiterzuarbeiten. »Wir ziehen wieder nach Weston.«

Alle hielten überrascht inne und sahen ihn ungläubig an. Hugh und Brianna besaßen mehrere Häuser, aber ihren Hauptwohnsitz hatten sie die ganze Zeit über in Virginia in der Nähe von Briannas Mutter.

Hugh deutete auf Layla und Adriana, die mit Treat im Gras saßen und Blumenkränze flochten. Beide Mädchen lächelten. Treat sagte etwas, was die Männer nicht hören konnten, und die Mädchen krümmten sich vor Lachen.

»Layla vermisst Adriana und die anderen Kinder. Und Christian liebt es, viele Leute um sich zu haben, und natürlich ist er verrückt nach Dylan. Außerdem sehnen sich beide Kinder fürchterlich nach Dad. Layla redet ständig davon, in Weston zu leben, und ich bin ehrlich gesagt froh zurückzuziehen. All das, worüber wir gerade gesprochen haben – Schule, tägliche Abläufe –, das ist der Hauptgrund, warum wir umziehen. Nach Hause zurückzukehren bedeutet auch, dass wir nicht immer zwischen Virginia und Colorado hin- und herreisen müssen.« Hughs Blick wurde ernst. »Es gibt nichts, was die Familie ersetzen könnte, und das wollen wir nicht aufgeben. Gleich nach der Hochzeit von Kat und Eric ziehen wir um.« Briannas beste Freundin Kat Martin heiratete einen von Hughs engsten Freunden, einen Rennfahrer namens Eric James. Eric hatte so viel Zeit mit den Bradens verbracht, dass er fast zur Familie gehörte.

»Aber was ist mit Briannas Mutter?«, fragte Josh. Im Geiste

registrierte er einen weiteren Pluspunkt zugunsten seiner eigenen Rückkehr nach Weston. »Sie wird doch am Boden zerstört sein.« Bei diesem Gedanken fragte er sich plötzlich, ob Rileys Eltern traurig gewesen waren, als Riley und er sich in New York niedergelassen hatten. Sie waren so mit sich und ihrer Firma beschäftigt gewesen, dass sie sich keine Gedanken darüber gemacht hatten, wie es ihren Eltern dabei ging.

»Sie zieht auch um. Wir hatten ein Haus in der Rosedale Lane entdeckt, aber leider waren wir zu spät. Irgendein Idiot ist uns zuvorgekommen.« Hugh wies mit dem Daumen auf Treat. »Letzte Woche hat er uns auf eine Immobilie aufmerksam gemacht, die noch nicht auf dem Markt war. Zwölf Hektar am anderen Ende der Stadt. Auf dem Gelände gibt es ein Gästehaus, das ist perfekt für Briannas Mutter. Und Dad wird auch nicht jünger. Es ist Zeit, wieder nach Hause zu kommen.«

Josh stieg von der Leiter und dachte daran, dass sein Vater die Kinder amüsierte, während der Rest der Familie die Vorbereitungen für die Hochzeit traf. Vermutlich vermisste sein Vater Layla und Christian ebenso sehr, wie sie ihn vermissten. Und er konnte nicht leugnen, dass ihm nicht nur sein Vater fehlte, sondern all das hier. Mit seiner Familie zusammen zu sein, hatte ihn immer beflügelt, und er wusste, wie glücklich es Riley machte, Zeit mit Jade und den anderen Frauen zu verbringen. Und Anlässe wie diesen, wenn alle mit anpackten, gab es heutzutage viel zu selten.

»Warum fragst du, Josh? Denkt ihr darüber nach, wieder nach Weston zu ziehen?«, wollte Hugh wissen.

Dane stieg lachend von seiner Leiter und legte Josh eine Hand auf die Schulter. »Diesen Kerl aus dem Big Apple weglocken? Das wäre, als wollte mich jemand überreden, auf dem trockenen Land zu leben. Das ist unmöglich, stimmt's,

Josh?«

Sag niemals nie.

Die Hintertür flog auf und Hal kam mit einem Baby auf jedem Arm auf die Terrasse. In seiner Miene spiegelte sich eine Mischung aus Sorge und Belustigung. Allerdings schien es Josh, als würde die Besorgnis überwiegen.

Rex streckte die Hände nach seinem Sohn aus. »Was ist? Hast du es satt, das Kindermädchen zu spielen?«

Hal runzelte die Stirn. »Von wegen. Aber wir haben ein Problem.«

Sie gingen mit Hal ins Haus, wo sie Dylan und Christian auf der Ledercouch im Wohnzimmer fanden. Die Hände und die Hemden der Jungen waren mit Filzstiftstrichen beschmiert, und sie blickten mit weit aufgerissenen Augen so ängstlich drein, als hätten sie einen Geist gesehen. Hal ging an den Jungen vorbei direkt ins Arbeitszimmer.

Hugh ging neben Christian in die Hocke. »Was ist los, Kumpel?«

Tränen rannen über die Wangen seines Sohnes. Hugh nahm ihn auf den Arm und warf seinem Vater, der ihm den Rücken zuwandte, einen bösen Blick zu. Nun begann Dylan zu weinen. Hugh grummelte leise vor sich hin und Jack hob Dylan auf seine Hüfte.

»Was hast du, Kumpel?«, fragte Jack.

Während Christian meistens redete wie ein Wasserfall, war Dylan eher schweigsam. Jetzt vergrub er bloß sein Gesicht an Jacks Schulter.

Rex stand in der Tür zum Arbeitszimmer und rieb sich den Nacken. Seine Augen waren schmal, sein Blick war ernst. Er streckte eine Hand aus, um Josh zurückzuhalten, bevor er das Arbeitszimmer betreten konnte. »Bleib ganz ruhig.«

Josh spähte um seinen stämmigen Bruder herum, und sein Innerstes krampfte sich zusammen, als er Rileys Hochzeitskleid sah, das mit bunten Kritzeleien und Strichmännchen verziert war. Zorn stieg in ihm auf. Mit geballten Fäusten stand er da und wäre am liebsten auf eine Wand losgegangen oder hätte irgendjemanden angebrüllt, egal wen. Ein Blick auf die weinenden Jungen machte ihm jedoch klar, dass er weder das eine noch das andere tun würde.

Hugh warf einen Blick ins Arbeitszimmer. »Grundgütiger! Christian Braden, habe ich dir nicht oft genug gesagt, dass du nicht an die Sachen anderer Leute gehen darfst?«, sagte er streng, was einen neuerlichen Tränenschwall bei seinem Sohn auslöste.

Josh wurde das Herz schwer. Der kleine Junge tat ihm leid. Und Riley tat ihm leid. Sie hatten sich solche Mühe gegeben, das perfekte Hochzeitskleid zu erschaffen, und jetzt hatten zwei der niedlichsten Vandalen der Welt all ihre Pläne durchkreuzt.

»Wir wollten Tante Rileys Kleid schöner machen«, sagte Christian schluchzend. »Wir wussten nicht, dass es so langweilig aussehen sollte!« Er sah Dylan an, seinen Komplizen, und seine dunklen Augen flehten den kleinen Jungen an, ihm beizupflichten, was Dylan eifrig nickend tat.

Josh zog Jack und Hugh in den Raum und bedeutete Dane, die Tür zum Arbeitszimmer zu schließen. Er ging ruhelos hin und her, ballte immer wieder die Fäuste und versuchte, seine Emotionen in den Griff zu bekommen. Sobald die Tür geschlossen war, sagte er: »Schließ ab.«

Kaum hatte Dane den Schlüssel im Schloss gedreht, begannen alle, durcheinanderzureden.

»Es tut mir leid«, sagte Hugh und ging neben Josh auf und ab.

Josh hob die Hände und sofort breitete sich Stille im Raum aus. Nur das Weinen der Jungen war zu hören.

»Riley darf nichts davon erfahren«, sagte er streng.

»Was redest du da?«, fuhr Rex ihn an. »Meinst du, sie merkt nicht, dass ihr Hochzeitskleid aussieht wie der Maltisch in einem Kindergarten?«

»Damit könntest du einen neuen Trend einläuten«, setzte Dane hinzu.

Josh warf Dane einen finsteren Blick zu, dann fuhr er sich mit der Hand durchs Haar und atmete tief durch. Er versuchte nachzudenken, aber in seinem Kopf ging alles durcheinander. Er nahm wieder seine ruhelose Wanderung auf, während er sprach. »Ich werde es reparieren. Wie es aussieht, ist nur der Rock hin. Ich werde mir Stoff schicken lassen und die ganze Nacht aufbleiben und einen neuen Rock machen, wenn es sein muss. Ich muss das wieder hinkriegen.«

»Mein Junge«, sagte Hal ruhig. »Die Hochzeit ist *morgen*.«

»Ganz zu schweigen davon, dass die Paparazzi mit dem nächsten Helikopter über uns herfallen werden, wenn du plötzlich jede Menge Stoff für ein Hochzeitskleid bestellst.« Dane verschränkte die Arme. »Du musst es ihr sagen.«

»Nein. Ich muss das hinkriegen.« Er sah seinen Vater an. »Hat eines der Mädels das gesehen?«

Hal schüttelte den Kopf. »Glaubst du, ich würde immer noch hier stehen, wenn sie es wüssten? Sie sind Rileys Kavallerie. Sie würden mich in Stücke reißen. Es tut mir leid, Josh. Ich habe die Jungen nur für ein paar Minuten aus den Augen gelassen, als ich die Babys gewickelt habe.«

Josh betrachtete seine schluchzenden Neffen und ihr Anblick brach ihm fast das Herz. Er seufzte und sagte: »Es ist nicht deine Schuld. Und auch nicht ihre, nicht wirklich. Es sind

Kinder und du kannst die Augen nicht überall haben.« Er sah den besorgten Blick seines Vaters. »Auch wenn du dich für Superman hältst, kannst du nicht auf alle vier gleichzeitig aufpassen.«

Während er auf und ab ging, redete sich Josh genau das ein, was er gerade seinem Vater gesagt hatte. Wie Rileys Gesicht aussehen würde, wenn sie Wind von dieser Katastrophe bekam, mochte er sich lieber nicht vorstellen. »Vielleicht kann ich unseren Cousin Jax in Pleasant Hill anrufen. Er ist doch auf Hochzeitskleider spezialisiert. Er hat bestimmt einen passenden Stoff zur Hand. Wenn er ihn als Expresslieferung losschickt, kommt das Paket noch rechtzeitig an und –«

»Keine gute Idee. Wenn du nicht willst, dass die Paparazzi dir auf die Schliche kommen, solltest du niemanden hineinziehen, der mit unserer Familie zu tun hat«, erinnerte Rex ihn.

Josh fluchte leise.

»Du musst es Riley sagen«, sagte Dane einfühlsam. »Du bist auch kein Superman, Josh. Es war ein Unfall. Sie wird untröstlich sein, aber sie wird es verstehen.«

Natürlich würde Riley es *verstehen*, aber sie würde trotzdem am Boden zerstört sein, und der bloße Gedanke daran brachte Josh um. »Wenn du wüsstest, dass Lacy untröstlich wäre, würdest du dann nur ›Oh, nun ja‹ sagen? Oder würdest du alles in deiner Macht Stehende tun, um den Schaden wiedergutzumachen, damit sie ein bisschen weniger enttäuscht ist?« Er sah sich das bemalte Kleid genauer an und achtete gar nicht auf die leisen Kommentare der anderen. Die »Verzierungen« der Jungen beschränkten sich auf den Rock und befanden sich hauptsächlich in der vorderen Mitte. Nun nahm der Designer in ihm die Zügel in die Hand. Wenn er den beschädigten Bereich herausschnitt und vorne den Saum etwas anhob, könnte es klappen. »Meint ihr, Charlotte hat eine funktionierende Nähmaschine und mehrere Rollen« – er wusste, dass er jetzt nicht wählerisch sein konnte – »weißes Nähgarn?«

»Ich bin sicher, dass ihre Mutter eine hatte«, sagte Hal. »Sie hat viel genäht, als Charlotte ein kleines Mädchen war.«

»Dann müssen wir sie finden. Ich denke, ich kann um die Malereien herumschneiden und den Rock vorne bis auf Knielänge kürzen. Ich warte, bis Riley schlafen geht, und dann lasse ich mir etwas einfallen. Ich hätte nie gedacht, dass ich froh sein würde, dass wir die Nacht in getrennten Räumen verbringen.«

»Du kannst doch nicht ihr Hochzeitskleid zerschneiden, ohne sie zu fragen«, sagte Hugh. »Wenn ich etwas über Frauen weiß, dann ist es das: Von manchen Sachen lässt man besser die Finger.« Christian lehnte die Wange an Hughs Brust und wischte sich die Tränen mit der Faust ab. Hugh drückte ihm einen Kuss aufs Haar.

»Ich kenne meine Verlobte«, sagte Josh. »Dieses Kleid bedeutet ihr alles, weil wir es gemeinsam entworfen haben. Es so zu sehen, ist das Letzte, was sie jetzt brauchen kann. Wenn ich es so hinkriege, wie ich es mir vorstelle, wird sie vielleicht enttäuscht und traurig sein, aber sie hat immer noch ein wunderschönes weißes Hochzeitskleid.«

»Es tut mir leid, Onkel Josh«, sagte Christian, dem immer noch die Tränen über die Wangen liefen.

»Meine Mama kann es in der Waschmaschine waschen«, schlug Dylan vor. »Das macht sie zu Hause auch.«

Obwohl ihm die Sorge um Riley fast das Herz abschnürte, musste Josh lächeln. »Ich wünschte, es wäre so einfach, kleiner Mann.«

Christian klammerte sich an das Hemd seines Vaters und Dylan vergrub das Gesicht an Jacks Brust. Josh konnte es ihm nicht verdenken: Wenn er nur daran dachte, dass Riley erfahren könnte, was mit ihrem Kleid passiert war, wollte er sich am liebsten auch an einem sicheren Ort verkriechen.

»Ich weiß, dass ihr das Kleid für Riley schöner machen wolltet«, sagte er zu den Jungen. »Das war wirklich lieb von euch. Und ihr seid beide sehr kreativ. Das ist prima.«

»Danke«, murmelten die beiden.

»Aber so nett es auch ist, dass ihr Tante Riley helfen wolltet, bei ihrer Hochzeit so hübsch wie möglich auszusehen, solltet ihr vorher immer fragen, bevor ihr die Sachen anderer Leute verschönert, okay?«

Die Jungen nickten. Der Blick, den Hugh ihm zuwarf, war voller Dankbarkeit und Anerkennung und ließ eine weitere Woge von Gefühlen über Josh hereinbrechen.

Er konzentrierte sich auf die Kinder und sagte: »Also, es ist so. Tante Riley *mag* es, wenn ihr Kleid ein bisschen langweilig aussieht.«

Christian zog die Nase kraus. Offensichtlich war er anderer Meinung.

Trotz der Probleme, die sich rings um ihn auftürmten, war Josh völlig hingerissen von den kleinen Rackern. »Ich habe einen Plan, wie wir die Situation retten können, aber ihr müsst mir beide helfen, damit es genau so wird, wie Tante Riley es sich wünscht. Versprecht ihr mir das?«

Beide Jungen nickten wieder. Ihre Tränen waren versiegt.

»Ihr dürft niemandem davon erzählen«, sagte Dane.

Josh sah seinen Bruder mit einem schiefen Lächeln an. »Ich weiß nicht viel über Kindererziehung, aber ich bin mir ziemlich sicher, dass wir ihnen nicht beibringen sollten, etwas vor

Erwachsenen geheim zu halten.«

»Mann, du hörst dich an wie Brianna«, sagte Hugh.

Josh sah seinen Vater an und Hal zwinkerte ihm zu. Hal hatte immer darauf geachtet, dass Josh die Verantwortung für sein Handeln übernahm. Normalerweise bedeutete das, dass er sich bei jemandem entschuldigen oder die Pferdeboxen ausmisten musste. Auch wenn es nicht oft vorgekommen war, hatte Josh seine Lektion gelernt. Aber bei Riley würde er sich nicht entschuldigen, bevor er eine Chance hatte, ihr Kleid zu reparieren. Das Beste, worauf er hoffen konnte, war, dass sie die Jungen so weit wie möglich von den Mädels fernhielten, damit sie sich nicht verplapperten.

»Okay, Jungs. Ihr dürft Grandpa Hal heute Abend nicht von der Seite weichen. Abgemacht?«

Vier

Am späten Nachmittag wurde es hektisch. Hungrige Männer und Kinder und weinende Babys wollten versorgt werden, sodass die Hochzeitstorte erst einmal in den Hintergrund geriet. Inzwischen war es fast halb neun, und Riley und Josh spülten das Geschirr, während die anderen Frauen und ihre Ehemänner die Kinder ins Bett brachten. Riley fand es wunderbar, dass sich die Eltern gemeinsam darum kümmerten. Bei ihr und Josh würde es hoffentlich genauso sein, wenn ihr Baby erst einmal da war. Hal war mit Hope draußen und Rileys Eltern würden bald da sein. Im Moment war sie jedoch mit Josh allein und genoss es.

»Wie ist der Kuchen geworden?«, fragte Josh, während er eine Schüssel abtrocknete.

Vor dem Abendessen hatten Riley und Jade die einzelnen Etagen der Hochzeitstorte abgedeckt und außer Sichtweite verstaut. Sie wollten sie fertig machen, wenn die Kinder im Bett waren und die Männer sich irgendwohin verzogen hatten. Egal, wo sie sich herumtrieben, Hauptsache, sie machten einen Bogen um die Küche.

»Wir mussten das Rezept ein bisschen abwandeln, aber er wird köstlich.«

Josh legte das Geschirrtuch beiseite und stellte sich hinter sie. Er strich ihr das Haar über eine Schulter, fuhr mit den Lippen zärtlich über ihre Wange und schlang seine starken Arme um ihre Taille. Sie schloss die Augen und schmiegte sich in seine Umarmung. Seit dem gestrigen Abend, als sie aus dem Resort geflohen waren, hatten sie beide ein halsbrecherisches Tempo vorgelegt, und nun wünschte sie sich nichts sehnlicher, als sich in seinen Armen zusammenzurollen und von ihm geliebt zu werden.

»Ich habe dich vermisst«, flüsterte sie, als er sich an ihrem Hals entlangküsste. Mit geschlossenen Augen tastete sie nach dem Wasserhahn und drehte ihn ab. Sie kostete jeden gesegneten Moment mit ihrem zukünftigen Ehemann aus.

Josh drehte sie in seinen Armen, und als sie nach dem Handtuch griff, um sich die Finger abzutrocknen, nahm er ihre Hände in seine und führte sie um seine Taille.

Sie zog die Nase kraus. »Ich bin ganz nass.«

»Das höre ich gerne«, flüsterte er verführerisch.

Sie kicherte, aber seine Hände und Lippen waren überall, er packte ihren Hintern, grub die Zähne in ihren Hals und saugte, dass es einen Hitzestrahl zwischen ihre Beine schickte und aus dem Kichern ein bedürftiges Stöhnen wurde. Sie reckte den Hals, um ihm noch mehr Angriffsfläche für seine köstliche Attacke zu bieten, doch er umfasste ihren Hinterkopf, suchte mit seinen Lippen ihren Mund und nahm sie in einem Kuss, der sie alles um sie herum vergessen ließ. Sie liebte das Gefühl, von Joshs Händen gehalten, gestreichelt, *genommen* und von seinem Mund verschlungen zu werden, und stellte sich auf die Zehenspitzen, um noch mehr von ihm zu bekommen. Dann fasste er sie an den Hüften und hob sie auf den Küchentresen, ohne seine Lippen von ihren zu lösen. Riley staunte immer wieder, dass er sie so mühelos hochheben konnte. Sie war nicht gerade zierlich, sondern hatte echte weibliche Rundungen, auf die Josh einen unersättlichen Appetit zu haben schien. Zum Glück, denn in der Schwangerschaft würde sie noch kurviger werden.

»Oh Gott, ich liebe dich«, sagte er zwischen zwei wilden Küssen. Er zog den Ausschnitt ihres T-Shirts herunter, küsste eine entblößte Brust und wog die andere in der Hand.

Ihre Nippel stellten sich auf und brannten vor dem Verlangen, von seinen Lippen umschlossen zu sein. Er zog sie ein Stück nach vorn und drückte seine Härte an ihre Mitte. Wieder stöhnte Riley auf.

»Josh«, sagte sie atemlos. »Küss mich.«

Und das tat er.

Und wie. So hinreißend war sein Kuss, dass sie sein Hemd hastig hochschieben musste, um seine Haut unter ihren Händen zu spüren. Er packte ihre Beine, legte sie sich um die Hüften und hob sie vom Tresen, während sie seinen muskulösen Rücken erkundete.

»Ach du meine Güte!«

Die Stimme ihrer Mutter riss Riley aus ihrer Versunkenheit. »Mom!« Dass jederzeit jemand in die Küche kommen konnte, hatte sie vollkommen vergessen. Joshs Hemd hing ihm um die Schultern, ihre Beine hatte sie ihm um die Taille geschlungen. Sie versuchte hastig, sich aus seinen Armen zu winden, aber er bewegte sich sehr vorsichtig, sodass sie ihre Bewegungen verlangsamen musste. Ihr war klar, dass er es wegen des Babys tat, und ihr wurde ganz warm ums Herz. Allerdings stand ihre Mutter mit hochrotem Kopf da und ihr Vater trat gerade in die Küche, daher musste sie wirklich etwas Abstand zwischen ihnen schaffen. Ihre Eltern mussten ja nicht sehen, wie sie Josh praktisch die Sachen vom Leib zerrte.

»Tut mir leid«, meinte ihre Mutter mit vielsagendem Grinsen, das Riley noch mehr in Verlegenheit brachte. »Wir haben geklopft, aber ihr habt uns wohl nicht gehört.«

»Wir sind … ähm … nur …« *Beinahe übereinander hergefallen, mitten in der Küche!* Riley strich hektisch ihr Top glatt und versuchte, den Nebel der Lust aus ihrem Gehirn wegzublinzeln. Dass Josh sein Hemd zurechtzupfte, um seine Erektion zu verbergen, machte es nicht gerade leichter.

Josh gab ihr einen Kuss auf die Wange. Sein unbeschwertes Lächeln entlockte ihr sonst immer ein Seufzen – aber diesmal fühlte es sich einfach unfair an. Wie konnte er immer so unerschütterlich entspannt bleiben, wenn etwas schiefging?

»Wir haben rumgemacht«, sagte er ohne eine Spur von Entschuldigung. »Aber wir werden alle so tun, als sei nichts passiert.«

Rileys Mutter lachte. »Warum in aller Welt sollten wir? Liebe ist eine schöne Sache.« Sie umarmte Josh, während Riley sich vorkam wie ein ungezogener Teenager, den man beim Knutschen im Gebüsch ertappt hat.

»Komm her, Schätzchen.« Ihr Vater zog sie in seine Arme. Er war ganz anders als Joshs Vater: groß und schlank und viel zurückhaltender. Er hielt sie lange fest, dann gab er ihr einen Kuss auf den Scheitel und begrüßte Josh, während ihre Mutter sie umarmte, als wollte sie sie nie wieder loslassen.

»Tut mir leid, dass wir jetzt erst hier sind«, sagte ihre Mutter. »Ständig ging etwas schief, als wir aufbrechen wollten. Und dann hatten wir schon die Hälfte der Strecke zurückgelegt, als uns einfiel, dass wir unsere Koffer vergessen hatten. Also mussten wir umkehren und sie holen. Ich glaube wirklich, mein Verstand hat sich vorübergehend verabschiedet.«

»Das tut mir leid, dass ihr solchen Ärger hattet, aber ich bin froh, dass ihr hier seid«, sagte Riley. »Du kannst mir helfen, den Kuchen fertig zu machen.«

Ihr Vater meinte: »Ehrlich gesagt hatte ich befürchtet, dass ihr dem Druck nachgeben würdet, der mit eurer gesellschaftlichen Stellung in New York einhergeht. Aber ich bin heilfroh, dass ihr beschlossen habt, der Öffentlichkeit nicht das zu bieten, was sie offensichtlich verlangt, sondern euch für eine Feier im kleinen Kreis entschieden habt.«

»Die Entscheidung ist uns leichtgefallen. Den Fotografen zu entkommen, war allerdings nicht so einfach.« Josh legte seinen Arm um Riley und gab ihr einen Kuss auf die Schläfe. »Aber all die Heimlichtuerei war es wert, um die Hochzeit zu feiern, die wir beide uns vorstellen.«

»Habt ihr von Jake oder den anderen gehört, seit ihr die Bahamas verlassen habt?«, fragte ihre Mutter.

»Ja. Jake hat vorhin angerufen und gesagt, dass er der Presse gegenüber hat durchsickern lassen, Riley und ich hätten eine Lebensmittelvergiftung«, sagte Josh zu Rileys Überraschung. »Angeblich haben wir uns in der Honeymoon-Suite im Resort verschanzt, um uns auszukurieren.«

Wie gerne würde sich Riley mit Josh irgendwo verschanzen, obwohl sie natürlich froh war, ihre Eltern zu sehen.

»Es ist schade, dass nicht deine ganze Familie kommen kann«, meinte ihre Mutter. »Ihr hättet gleich eine Dreifachhochzeit feiern können.«

»Es wäre schön gewesen, die ganze Familie zusammenzutrommeln. Wir haben darüber nachgedacht, haben uns aber schließlich gegen das Chaos entschieden, das es für alle bedeutet hätte«, erklärte Riley. »Von den Bahamas hierherzukommen, war schon verrückt genug. Ich habe immer noch ein schlechtes Gewissen, weil wir damit so vielen Leuten Unannehmlichkeiten bereitet haben.«

Josh legte ihr den Arm um die Schultern und zog sie an sich. »Sie helfen uns gern. Und außerdem brauchst du dir keine Vorwürfe zu machen. Schließlich feiern Jake und Ross mit ihren Verlobten ja tatsächlich morgen eine Doppelhochzeit im Resort.«

»Ich weiß, aber trotzdem.« Als sie ihren Fluchtplan ausgeheckt hatten, hatten Joshs Cousins Jake und Ross beschlossen, dass es eine Schande wäre, die Hotelanlage nicht für ihre Hochzeit zu nutzen. Der Presserummel schien sie nicht zu stören.

Jade, Savannah und Lacy kamen in die Küche und Max und Brianna folgten ihnen auf dem Fuße.

»Da seid ihr ja endlich!« Jade umarmte Rileys Mutter, dann waren die anderen an der Reihe, sie zu begrüßen.

Im allgemeinen Trubel gab Josh Riley einen Kuss und flüsterte: »Ich denke, ich rette deinen Vater vor einer Überdosis Östrogen und gehe mit ihm raus zu den Jungs.« Er zog sie an sich und küsste sie wieder.

Riley schlang die Arme um seinen Hals. »Dies ist unser letzter Abend als unverheiratetes Paar. Der Abwasch hat Spaß gemacht mit dir.«

»Baby, ich würde so viel mehr mit dir anstellen, wenn wir ein bisschen Zeit für uns hätten. Vielleicht sollten wir uns davonschleichen und uns eine verschwiegene Garderobe suchen.« In seinen Augen flackerte ein lustvoller Funke auf.

»Ja, für Garderoben haben wir eine besondere Vorliebe.« An dem Abend, als Josh im Christos um ihre Hand angehalten hatte, waren sie in eine Garderobe des Restaurants geschlüpft und hatten sich geliebt.

Seine Hände glitten zu ihrem Hintern. »Ich habe eine besondere Vorliebe für dich, Baby«, sagte er und drückte ihre Pobacken. »In der Garderobe, im Konferenzraum, im Schlafzimmer, im Esszimmer …« Er küsste sie wieder, lang und liebevoll, und es war so schön, in seinen Armen zu liegen. Diesmal hatte sie ihre Sinne beisammen, daher störte es sie nicht, dass ihre Eltern dabei waren. Sie konnte sich beherrschen.

Jedenfalls für eine Weile.

Es war nach elf Uhr, und die Männer waren schon zu Bett gegangen, weil die Babys erfahrungsgemäß in aller Herrgottsfrühe wach wurden. Die Frauen konnten unmöglich so früh aufstehen, schließlich hatten sie geplant, die Nacht zusammen in der größten Suite des Resorts zu verbringen. Riley hatte ihnen zwar versichert, dass sie nicht im selben Raum mit ihr schlafen mussten, aber sie hatten darauf bestanden und Matratzen mit flauschigen Kissen und Decken auf dem Boden ausgebreitet. Das Ganze versprach, eine gigantische Übernachtungsparty zu werden. Selbst ihre Mutter hatte versprochen, den größten Teil der Nacht bei ihnen zu bleiben. Riley konnte es kaum abwarten. Es klang albern, aber sie freute sich schrecklich darauf, diese Zeit allein mit den Mädels zu haben. Sie hatten den Wein und die Dose mit den Brownies aufgemacht, die Elisabeth ihr mitgegeben hatte, und alle langten kräftig zu. Außer Riley. Wegen der Schwangerschaft durfte sie nichts trinken, und nach dem Fiasko mit der Ganache richtete sie ihre Aufmerksamkeit darauf, die Torte fertig zu bekommen, und war viel zu angespannt, um überhaupt ans Essen zu denken.

Das allgemeine Geschnatter war schließlich verstummt und hatte konzentriertem Schweigen Platz gemacht. Sie hatten die Tortenschichten mit der Marmelade bestrichen, die Charlotte ihnen gegeben hatte, und Riley war zufrieden mit dieser Abwandlung des Rezepts. Sie knetete das Fondant, bis es genau die richtige Konsistenz hatte, so wie Molly es ihr beigebracht hatte, und nun wechselten sie sich dabei ab, die vier Fondantplatten auszurollen, mit denen sie die einzelnen Etagen der Torte überziehen wollten.

»Was meint ihr, wie hat Hal es geschafft, dass aus seinen Söhnen keine egozentrischen Idioten geworden sind?« Max stand in der offenen Tür und schaute auf die Terrasse hinaus. »Was auch immer es ist, ich möchte es bei Dylan auch so hinkriegen. Ich hasse egozentrische Typen.«

Jade lachte und griff nach einem weiteren Brownie. »Meinst du, weil sie so gut aussehen, also wegen des ›Fluchs der Bradens‹, wie ich es immer nenne? Wusstest du denn noch nicht, dass Hal mehr Autorität besitzt, als ein Fluch je haben könnte?«

»He, ihr habt wohl vergessen, dass ich auch eine Braden bin?«, beschwerte sich Savannah und stopfte sich noch ein Stück Brownie in den Mund.

»Und eine wunderschöne noch dazu«, sagte Riley.

»Oh, danke, liebe Beinahe-Schwägerin.« Savannah schmatzte ihr einen klebrigen Kuss auf die Wange. »Dad hätte nie erlaubt, dass wir uns zu egozentrischen Idioten entwickeln, obwohl meine Brüder durchaus Ansätze gezeigt haben. Während ich natürlich ein wahrer Engel war«, sagte sie mit einem Anflug von Sarkasmus.

»Das Aussehen macht einen nicht zum Idioten. Es ist die Idiotie, die einen zum Idioten macht.« Lacy lachte über ihren eigenen Witz. »Manchmal versuche ich, mir Dane mit Glatze vorzustellen.«

Max lachte und dabei schoss ein Stück Brownie aus ihrem Mund. Hysterisches Gelächter war die Folge.

»Psst«, sagte Riley. »Die anderen schlafen schon.«

»Mir wäre es egal, wenn Jack eine Glatze hätte. Ich wäre trotzdem ganz verrückt nach ihm.« Savannah öffnete einen Schrank, holte eine Tüte Chips heraus und schüttete sie in eine Schüssel. Brianna griff sich zwei und legte ihren Brownie dazwischen. Savannah hob eine Augenbraue.

»Was ist?« Brianna biss ein Stück von ihrem Chips-Brownies-Sandwich ab. Mit vollem Mund sagte sie: »Die Kombination aus süß und salzig ist der Hammer.«

Savannah und Max krümelten Chips auf ihre Brownies, stopften sie sich in den Mund und stießen ein lautes »Mmh« aus.

»Außer dem ›Fluch der Bradens‹ gibt es aber auch den ›Fluch der Banks‹«, warf Rileys Mutter nun ein. »Mein Mann wirkt vielleicht nicht so wildromantisch und maskulin, aber er ist stark in allem, was wichtig ist, und ich finde ihn wunderbar.«

Riley sah von der Fondantplatte auf, die sie gerade ausrollte, und war dankbar für die Wärme in der Stimme ihrer Mutter. Früher hatte sie gedacht, dass die Ehe ihrer Eltern alles andere als leidenschaftlich sei. Ihre Mutter hatte ihr jedoch erklärt, dass es in jeder Ehe Zeiten gab, in denen die Lust aufeinander weniger wurde. Das bedeutete aber nicht, dass es keine gute und liebevolle Ehe war, in der beide Partner füreinander da waren. Wenn die Liebesgefühle nachließen, gaben sie und Rileys Vater sich umso größere Mühe, um die Leidenschaft wiederzubeleben. Riley konnte sich überhaupt nicht vorstellen, dass ihr unglaublich heißer Verlobter jemals etwas anderes in ihr auslösen würde als berauschende Verliebtheit. Doch falls sie eine solche Phase durchlaufen sollten, konnten sie sich bei ihren Eltern eine Scheibe abschneiden und das Feuer neu entfachen, statt es ausgehen zu lassen.

»Er spielt definitiv ganz vorne mit, Mrs. Banks«, sagte Jade und gab das Nudelholz an Lacy weiter, die sie beim Ausrollen des Fondants ablöste. »Ich muss unbedingt noch einen Brownie essen. Diesmal probiere ich ihn mit Chips. Willst du auch einen?«

»Ja, klar. Du weißt doch: Auf einem Bein kann man nicht stehen. Das gilt auch für Brownies.« Lacy machte sich an die Arbeit.

»Mrs. Banks«, sagte Jade, während sie aus Brownies und Chips zwei Sandwiches zurechtmachte. »Ihr Mann ist ebenso mit einem Fluch belegt wie die anderen Männer und ich finde ihn auch wunderbar. Obwohl er früher zu Riley ziemlich streng war.«

»Fang bloß nicht von meinen Teenagerjahren an!«, flehte Riley. »Außerdem ist es Zeit, die Torte fertig zu machen. Da müsst ihr alle mit anpacken.«

»Dann willst du also nicht daran erinnert werden, wie du tagein, tagaus nach Josh geschmachtet hast?«, fragte Jade.

Rileys Mutter, Jade und die anderen Mädels standen um den Küchentisch herum, leckten sich die Finger und knabberten an Chips.

Die schmatzenden Geräusche dröhnten Riley in den Ohren. Wahrscheinlich war sie wirklich übernervös. »Ich habe nicht geschmachtet.«

Ihre Mutter betrachtete sie amüsiert. Ihre hochgezogenen Augenbrauen sprachen Bände.

Riley seufzte. »Okay, kann schon sein, dass ich ein bisschen geschmachtet habe, aber ich glaube nicht, dass es *so* offensichtlich war.«

Savannah kicherte.

»War es ungefähr so offensichtlich?« Lacy stopfte sich ihren Brownie in den Mund und plusterte die Wangen auf.

»Du siehst aus wie ein Streifenhörnchen, das sich Nüsse in die Backen gestopft hat«, meinte Max.

»Ich wette, Dane hat Riesennüsse«, sagte Brianna lachend und schlug sich dann mit der Hand auf den Mund, als könne sie nicht glauben, dass sie das gesagt hatte.

»Brianna! Vergiss nicht, dass meine Mutter hier ist!«, ermahnte Riley sie.

»Entschuldigung«, murmelte Brianna hinter vorgehaltener Hand, aber weder sie noch Max konnten ihr Gekicher unterdrücken.

»Ach, Liebling«, sagte ihre Mutter, tupfte mit der Fingerspitze einen Krümel aus der leeren Keksdose und leckte sich den Finger ab. »Ich hab überhaupt nichts gegen *Nüsse*.«

Rileys Wangen brannten. »Mom. Das will ich überhaupt nicht hören.«

»Hm, wenn ich mir vorstelle, dass meine Eltern unanständige Sachen machen …«, sagte Jade und verzog das Gesicht. Dann fügte sie hastig hinzu: »Damit will ich nicht sagen, dass Sie nicht sexy sind, Mrs. Banks. Es ist nur …«

»Glaub mir.« Rileys Mutter trank einen Schluck Wein. »Wenn du so alt bist wie ich, geht es nicht darum, wie hart der Körper ist. Es geht eher darum, ob der Körper in der Lage ist, hart zu werden.«

»Mom!« Knallrot vor Verlegenheit nahm Riley ihrer Mutter das Weinglas aus der Hand und stellte es auf den Tresen. »Ich denke, du hast für heute genug. Deine Augen sind schon ganz glasig. Wie viel hast du getrunken?«

Ihre Mutter griff nach dem Glas und wedelte abwehrend mit der Hand. »Seit wann bist du so prüde, Riley Roo? Es ist die Nacht vor deiner Hochzeit. Sei ein bisschen locker.«

»Oh mein Gott.« Riley verdrehte die Augen.

»Riley ist nicht prüde, Mrs. Banks«, sagte Max. »Sie ist genauso verdorben wie sie alle.«

»Einschließlich dir«, sagte Brianna mit vollem Mund.

Riley ließ den Blick über den Tisch gleiten und stellte fest, dass sie alle Chips aßen. Über dem Fondant. »Ach du lieber Gott. Nein, nein, nein. Bitte nicht auf das Fondant krümeln.« Sie ging um den Tisch herum und schob alle Frauen sanft ein paar Schritte zurück. »Vor meinem inneren Auge sehe ich eine Hochzeitstorte mit salzigem, nach Chips schmeckendem Fondant. Was ist los mit euch? Man könnte meinen, dass ihr seit Ewigkeiten nichts mehr gegessen habt. Warum nehmt ihr euch nicht die Reste vom Abendessen vor, wenn ihr solchen Hunger habt?«

Savannahs Augen weiteten sich. »Gute Idee!« Zusammen mit Lacy ging sie zum Kühlschrank. »Wusstet ihr, dass es hier in manchen Zimmern spukt?«

»Kann nicht sein.« Lacy stellte einen Teller mit Hühnchenfleisch auf die Theke, und Rileys Mutter begann, es zu zerschneiden.

»Und ob!«, meinte Savannah. Sie holte eine Schüssel mit Kartoffelsalat aus dem Kühlschrank. »Charlotte hat mir gesagt, dass die Suite, in der wir übernachten, auch dazu gehört.«

»Ehrlich? Wir müssen die Geister unbedingt vertreiben«, sagte Lacy. »Das kriege ich hin. Ich habe letztens etwas darüber gelesen.«

»Ich lese gerade dieses Buch über Auren«, sagte Max,

während sie Gabeln verteilte. »Lacys Halbschwester Kaylie hat es mir geliehen. Mrs. Banks, Ihre Aura ist violett, da bin ich mir ganz sicher. Das passt gut zu Ihnen, weil Sie so weise sind.« Max hatte ihren Mann Treat bei der Hochzeit ihres Chefs Chaz mit Kaylie kennengelernt.

Mrs. Banks lachte. »Ich glaube nicht, dass ich sonderlich weise bin.«

»Doch, das bist du, Mom. Und *du* liest ein Buch über Auren, Max?«, fragte Riley. »Ich wusste gar nicht, dass du dich dafür interessierst.« Während die Mädels das Essen in sich hineinschaufelten, als gelte es das Leben, begann Riley, das Fondant auf die Torte aufzutragen.

Max breitete die Hände aus, als würde sie etwas präsentieren, und sagte: »Ich erweitere meinen Horizont.«

»Wie ist meine Aura?« Lacy tätschelte ihre wilden blonden Locken und wackelte mit den Schultern. »Blau? Denn ich liebe Blau. Oder vielleicht rot. Das steht für Leidenschaft, nicht wahr? Das würde zu mir passen.« Kichernd schob sie sich ein Stück Hühnchen in den Mund. »Leidenschaft ist echt mein Ding.«

»Orange«, sagte Max und wedelte mit den Händen, als würde sie Fenster putzen. »Groß und orange.«

»Ich brauche frische Luft.« Savannah ergriff Briannas Hand. »Komm mit.«

Brianna schnappte sich noch schnell eine Handvoll Chips, bevor Savannah sie zur Tür hinauszog.

»Seid vorsichtig!«, rief Riley ihnen nach.

»Orange? Auf keinen Fall. Orange steht mir überhaupt nicht.« Lacy ging aufgeregt auf und ab. »Dein Aura-Detektor ist kaputt.«

»Nö. Orange«, sagte Max unbeirrt.

»Wie Cheetos?«, fragte Jade. »Lacy, Cheetos sind doch klasse. Vielleicht ist Orange gar nicht so schlimm.«

»Wir müssen sie reparieren!« Lacy nickte mit weit aufgerissenen, glasigen Augen. »Bitte, repariert meine Aura. Und warum ist sie groß? Ist das gut oder schlecht?«

»Orange geht gar nicht«, sagte Rileys Mutter. »Groß ist okay … glaube ich.«

»Repariert mich, bitte!« Lacy ergriff Max' Hand. »Du musst sie reparieren. Ich kann keine orangefarbene Aura haben. Dane hasst Orange.«

Riley kam es vor, als würden sie eine fremde Sprache sprechen, die sie nicht verstand. Ihre Mutter schnappte sich die Schüssel mit den Chips und ging in Begleitung der restlichen Frauen hastig in Richtung Treppe. Dabei versprachen sie sich gegenseitig neue Auren. Riley sah ihnen verdutzt nach. Offenbar hatten sie alle den Verstand verloren. Der Wein hatte es wohl wirklich in sich gehabt. Sie hätte nur zu gerne einen Schluck getrunken. Als ihr Blick auf das Glas ihrer Mutter fiel, glitt ihre Hand unwillkürlich zu ihrem Bauch.

Es lohnt sich, für dich auf ein paar Dinge zu verzichten, Kleines.

Dann fiel ihr ein, dass das Fondant schnell fest wurde, also beeilte sie sich, die Tortenschichten damit zu belegen. Die anderen waren inzwischen in die obere Etage gezogen, und Riley war froh, ein bisschen Ruhe zu haben. Sie strich die Fondantplatten glatt und achtete darauf, dass keine Luftblasen entstanden. Dann stapelte sie die Tortenschichten aufeinander. Schließlich begann sie, den Rand der untersten beiden Schichten mit einem Wellenmuster aus weißen und silbernen Zuckerperlen zu belegen. Sie arbeitete unermüdlich und drückte jede Perle sorgfältig in das Fondant. Zum Schluss formte sie die

Initialen »R & J« auf gegenüberliegenden Seiten der zweiten Schicht. Als sie fertig war, atmete sie erleichtert auf. Sie fühlte sich, als wäre sie gerade einen Marathon gelaufen. Wie konnte konzentriertes Arbeiten nur so anstrengend sein?

Sie trat vom Tisch zurück und bewunderte ihr Werk. Die Schichten waren nicht ganz gleichmäßig und im Fondant war eine winzige Unebenheit zu sehen, aber sie traute sich nicht, daran herumzudoktern, weil sie Angst hatte, dass die Torte umkippen könnte. Ihr Geschenk für Josh war fertig, das war die Hauptsache, und es sah verdammt gut aus. Nun musste sie nur noch den kleinen Blumenstrauß aus roten, rosafarbenen und weißen Rosen, den Jade ihr mitgebracht hatte, auf der obersten Schicht platzieren. Noch ein paar Rosenknospen auf die einzelnen Tortenschichten verteilen und dann war die Torte perfekt.

In der Küche war es still, durch die offene Tür strömte die kühle Bergluft herein. Riley wusch sich die Hände und erhaschte einen Blick auf den Pavillon, den Josh und die anderen Männer aufgebaut hatten. Er war genau so, wie sie es sich vorgestellt hatten: elegant, ohne steif zu wirken, und gewagt, ohne aufdringlich zu sein. Dass er von Joshs Familie errichtet worden war, machte ihn zu etwas ganz Besonderem.

Mit Liebe gemacht. Genau wie die Torte.

Sie betrachtete noch einmal ihr Werk. Dabei spreizte sie die Hand auf dem Bauch und überlegte, wie sehr sich ihr Leben verändern würde. Als das unvermeidliche »Und was ist, wenn?« in ihr aufstieg, weigerte sie sich, darüber nachzudenken. An diesen Anblick würde sie sich für den Rest ihrer Tage erinnern, und sie ließ nicht zu, dass irgendetwas den Moment störte.

Sie griff in ihre Tasche, um Fotos von der Torte und dem Pavillon zu machen, und sah, dass sie zwei Anrufe und mehrere

Nachrichten von Elisabeth verpasst hatte. Sie hatte ihr Handy ausgestellt, als Finn nach dem Abendessen in Lacys Armen eingeschlafen war, und offenbar hatte sie vergessen, es wieder einzuschalten.

Sie scrollte hastig durch die Textblasen.

Finger weg von den Brownies! Ich habe dir versehentlich die medizinischen Brownies mitgegeben, die ich für Mrs. Phillips gemacht habe!

Bist du da? Geh ans Telefon!

Es sind Marihuana-Brownies!

Heiliger Strohsack.

Die restlichen Nachrichten las Riley gar nicht mehr. Ihr Blick ging zu der leeren Keksdose. Kein Wunder, dass die Mädels alles in sich hineingestopft hatten, was ihnen in die Finger kam. Sie waren alle high. Sie hatten eine Fressattacke vom Feinsten! Ihr Verstand raste in hundert Richtungen gleichzeitig, und plötzlich wurde ihr bewusst, dass Savannah und Brianna nicht zurückgekommen waren. Das Herz schlug ihr bis zum Hals, als sie nach draußen rannte. Es war zu dunkel, um viel zu sehen. Sie hastete die Treppe hinunter und rief leise nach den beiden, um niemanden im Haus aufzuwecken.

»Brianna? Savannah?« Sie durchquerte den Garten, lief die gesamte Länge der riesigen Anlage ab, ließ hektisch den Blick schweifen und rief nach ihnen. »Savannah? Brianna?«

Mit jeder Sekunde wurde sie panischer. Am Ufer des Sees nahm sie eine Bewegung wahr und rannte hin. »Savannah? Brianna?«

Hope wieherte, und Riley lief in die Richtung, aus der das Geräusch kam, bis sie das Pferd sah. Hopes großer Kopf nickte auf und ab und deutete zum Wasser. Riley rannte schneller durch die Dunkelheit. Sie betete inständig, dass die beiden nicht ertrunken waren.

»Savannah? Brianna?«, rief sie, ohne sich darum zu kümmern, ob sie jemanden aufweckte.

Nichts.

»Savannah! Brianna!«

Von irgendwoher in der Dunkelheit drang Gekicher an ihr Ohr und das Wasser des Sees plätscherte leise ans Ufer. Erleichtert und zugleich ein wenig verärgert, weil die beiden nicht auf ihr Rufen reagiert hatten, gab sich Riley alle Mühe, ihre Gefühle in den Griff zu bekommen, doch dann platzte es einfach aus ihr heraus: »Verdammt, wo seid ihr?«

Sie ging weiter und wäre fast über einen Haufen Kleider gestolpert. Dann hörte sie fröhliches Planschen. Sie zählte zwei und zwei zusammen und wusste nicht, ob sie lachen oder wütend sein sollte.

»Kommt sofort aus dem Wasser. Ihr solltet jetzt nicht nacktbaden.«

»Komm ins Wasser, Ri!«, rief Savannah. »Nichts fühlt sich so gut an.«

»Außer Sex!«, brüllte Brianna. Kreischendes Gelächter war die Antwort.

Riley sammelte gerade die Kleider ein, als ihr klar wurde, wie ungewöhnlich sich Brianna den ganzen Abend über verhalten hatte und ... *Heiliger Bimbam! Mom!*

»Los, Mädels, raus da. Ihr seid total bekifft! In den Brownies war Gras!« Sie musste unbedingt ihre Mutter finden. Mit etwas Glück lagen sie und die anderen Mädels irgendwo und schliefen ihren Rausch aus.

Außer Kichern bekam sie keine Antwort.

»Das ist nicht lustig. Ihr solltet nicht schwimmen, wenn ihr high seid. Los, kommt aus dem Wasser.« Ihre Nerven waren zum Zerreißen gespannt, und sie hatte Mühe, an sich zu halten. Als die beiden wieder lachten, wäre sie fast ausgerastet. »Ich werde euch eigenhändig da rauszerren, bevor ich euch in der Nacht vor meiner Hochzeit ertrinken lasse!«

Die beiden kicherten und planschten noch ein wenig vor sich hin, bis sie schließlich breit grinsend aus dem Wasser stiegen. Die kalte Nachtluft schienen sie gar nicht wahrzunehmen.

»Was war das mit den Brownies?«, fragte Brianna.

»Hast du noch mehr gefunden? Ich will noch mehr Brownies«, sagte Savannah und sah Riley erwartungsvoll an.

»Nein, es gibt keine Brownies mehr.« Sie drückte ihnen die Kleider in die Hand. »Wir müssen die anderen finden. In den Brownies war Gras und ihr seid völlig bekifft.«

»*Pfft.*« Splitterfasernackt stolzierte Savannah vor ihr her. Ihre Kleider hielt sie an die Brust gepresst. »Sind wir nicht.«

»Überhaupt nicht«, pflichtete Brianna ihr bei. Sie strauchelte, bekam Rileys T-Shirt zu fassen und zog sie mit zu Boden. Hysterisch lachend wälzte sich Brianna im Gras, während sich Riley eine Hand schützend auf den Bauch hielt und froh war, dass sie auf dem Hintern gelandet war.

Savannah starrte derweil verträumt zum Mond hinauf. Sie hob die Hand und begann, abwechselnd die Finger zu öffnen und zu schließen. »Ich kriege ihn nicht zu fassen.«

»Wollt ihr mich verarschen? Dies ist die Nacht vor meiner Hochzeit, kapiert? Und da soll ich zwei bekiffte Frauen hüten?«

Brianna, die immer noch auf dem Boden lag, hörte auf zu lachen, um gleich darauf wieder anzufangen. Sie hatte Arme und Beine weit von sich gestreckt. »Vannah! Komm her!«

Savannah drehte sich um und Riley packte sie am Arm. »Oh nein, du bleibst jetzt hier. Für euch zwei ist das Sternegucken vorbei.« Sie packte Brianna am Arm und zerrte sie hoch. »Wir müssen die anderen finden. Und Handtücher, Kleider und Betten für euch.«

»Ich bin nicht müde«, beschwerte sich Brianna. »Ich habe Hunger.«

Es dauerte ein paar lange, frustrierende Minuten, bis es Riley schließlich gelang, sie zum Einlenken zu bewegen. Gemeinsam gingen sie Richtung Küche. »Bleibt hier auf der Terrasse stehen. Ich hole eben ein paar Handtücher.«

Sie rannte nach oben, griff sich zwei Handtücher, raste dann die Treppe wieder hinunter und gab sie den beiden. »Ich muss –«

Wumm, wumm, wumm.

Aus einer der oberen Etagen drangen dumpfe Schläge. Riley fragte sich, was zum Teufel da los war. »Ihr trocknet euch ab und geht in unsere Suite, okay? Ich muss nachsehen, woher dieser Lärm kommt.«

Wieder rannte Riley die Treppe hoch. Sie hatte keine Ahnung, wie die Männer und Kinder bei diesem Lärm weiterschlafen konnten. Sie lief den Flur entlang, bis sie zu der Suite kam, in der sie für die Nacht untergebracht waren. Als sie die schwere Doppeltür aufstieß, wäre sie fast in Ohnmacht gefallen. Ihre Mutter stand an einem riesigen Loch in der Wand. In der Hand hielt sie das Gestell einer Tischlampe wie einen Baseballschläger. Lampenschirm und Glühbirne lagen auf dem Boden. Max schlug mit einem Schuh auf den Rand des Loches ein und hieb ein weiteres Stück von der dünnen Zwischenwand ab. Und Lacy, deren Gesicht mit etwas verschmiert war, das wie Lippenstift aussah, sang eine tonlose Melodie vor sich hin.

Was um alles in der Welt ging hier vor sich?

Ihre Mutter holte zu einem weiteren Schlag mit dem

Lampenfuß aus.

»Stopp!«, rief Riley und drei Augenpaare richteten sich auf sie. Sie nahm ihrer Mutter die Lampe ab. »Stopp. Schluss jetzt. Es wird nicht mehr gehämmert, geschlagen oder gesungen.« Sie griff sich den Schuh, den Max in der Hand hielt. Ihre Handflächen waren ebenso rot angemalt wie Lacys Gesicht. »Was zum Teufel macht ihr denn hier?«

Max fuhr sich mit der Hand über die Stirn, auf der nun rote Striemen zu sehen waren. »Wir graben die Geister aus.«

Lacy nickte mit weit aufgerissenen Augen.

»Wir *treiben* sie aus, Schätzchen«, korrigierte Rileys Mutter und trat wankend einen Schritt zurück.

»Oh Gott. Das ist *Charlottes* Haus.« Riley wurde übel. »Ihr habt in ihrem Haus ein Loch in die Wand gehauen.«

Ihre Mutter stolperte zum Bett und ließ sich fallen. »Wir haben ihr einen Gefallen getan. Die Geister befreit.«

Lacy packte Riley am Arm. »Wir mussten es tun. Wer weiß, was die Geister sonst anstellen würden. Vielleicht waren es böse Geister. Oder so wie in dem Film *Entity*. Ja. So hätten sie auch sein können.« Sie sah sich mit ernster Miene im Raum um. »Wo ist Savannah? Ich muss ihr sagen, dass keine Gefahr mehr besteht.« Sie ging zur Tür, doch Riley hielt sie zurück.

»Oh nein, das wirst du nicht tun. Du gehst jetzt ins Badezimmer und wäschst dir dieses rote Zeug vom Gesicht, was auch immer das sein mag.«

Lacy legte ihre Hände an die Wangen und schüttelte den Kopf. Dabei verschmierte sie die rote Farbe noch mehr. »Ich ziehe meine Aura *nicht* aus! Max hat sich solche Mühe gegeben, um sie zu reparieren. Und Dane wird meine rote Aura lieben. Rot ist Leidenschaft.«

Max lief zu ihr. »Du hast recht, du darfst das nicht

abwaschen. Nein, Riley. Sie *braucht* dieses Rot.«

»Leidenschaft«, murmelte ihre Mutter vom Bett aus. Sie lag auf dem Rücken und ließ die Beine über die Bettkante baumeln.

Wie zum Teufel war sie von dem triumphalen Augenblick in der Küche in dieses Chaos geraten? Die Mädels erlaubten sich einen üblen Scherz mit ihr. Oder träumte sie vielleicht? Sie kniff sich in die Wange und es tat höllisch weh. Nein. Dies war definitiv kein Albtraum.

»Jaaaack.« Savannahs Stimme hallte durch den Flur.

»Mist. Ihr bleibt hier und rührt euch nicht von der Stelle«, sagte Riley im Befehlston und rannte aus der Suite, nur um Savannah splitterfasernackt im Zimmer von Rileys Eltern verschwinden zu sehen.

Wumm, wumm, ertönte es hinter ihr.

Riley blieb wie angewurzelt im Flur stehen, auf halbem Weg zwischen dem Zimmer, in dem ihr Vater im nächsten Moment von einer nackten Frau geweckt werden würde, und der Suite, in der gerade eine Wand eingerissen wurde. Ein paar panische Sekunden lang überlegte sie, wohin sie zuerst laufen sollte, und entschied dann, dass ihr Vater Vorrang hatte. Neben einer nackten Frau im Bett aufzuwachen, die nicht seine eigene war, wog schwerer als eine Wand, die wahrscheinlich eh nicht mehr zu retten war. Sie rannte weiter, sandte ein hastiges Stoßgebet gen Himmel, dass die Kinder von all dem Durcheinander nichts mitbekamen, und stürzte in das Schlafzimmer ihrer Eltern. Savannah lag neben Mr. Banks und schlief tief und fest. Dass sie einen Arm quer über seinen Oberkörper geworfen hatte, schien ihn überhaupt nicht zu stören. Er schnarchte leise, als sei nichts geschehen. Viel bizarrer konnte die Situation eigentlich nicht mehr werden.

So leise und vorsichtig wie möglich zog sie Savannah von ihrem Vater weg, während sie bei jedem donnernden Schlag aus der Suite am anderen Ende des Flurs zusammenzuckte.

»Jack«, murmelte Savannah ärgerlich.

»Pssst, Schätzchen, das ist nicht Jack«, flüsterte Riley. *Und ich denke nicht, dass Jack das toll fände, was du gerade machst.* Sie nahm eine Decke von einem Stuhl und legte sie der nackten Frau um die Schultern. Als sie sie schließlich in den Flur bugsiert und die Schlafzimmertür hinter sich geschlossen hatte, atmete sie erleichtert auf, trotz der Unheil verkündenden Schläge, die mit unverminderter Wucht dröhnten. Irgendwie gelang es ihr, Savannah zur Suite zu führen.

»Jack«, sagte Savannah wieder.

»Ich hole Jack.« Sobald sie in der Suite waren, schloss sie die doppelflügelige Tür und setzte Savannah auf die Bettkante. »Da bleibst du sitzen«, befahl sie und wandte sich zu ihrer Mutter um, die mit dem Lampenfuß in der Hand mit leicht gebeugten Knien wie ein Baseballspieler dastand. Max und Lacy waren nicht zu sehen, aber aus dem Badezimmer drangen Stimmen.

»Mom! Hör auf!«, rief Riley.

Ihre Mutter hielt mitten in der Bewegung inne und ließ den Lampenfuß sinken. Plötzlich flackerte Erkennen in ihrem Blick auf. »Hallo, Riley Roo. Meinst du, das Portal ist jetzt groß genug?« Sie ließ die Lampe fallen und stemmte die Hände in die Hüften. Stolz betrachtete sie das Loch in der Wand, wischte sich den Schweiß von der Stirn und stieß einen Seufzer der Erleichterung aus. »Perfekt. Jetzt können die Geister in die Freiheit fliegen.«

Riley sah ein, dass sie sich damit abfinden musste, eine vollkommen durchgeknallte Nacht zu erleben. Sie nickte zustimmend. »Jep. Das hast du wirklich prima hingekriegt. Und jetzt ruhst du dich am besten ein bisschen aus, okay, Mom? Ich muss nach Max und Lacy sehen.« Sie führte ihre Mutter zurück zum Bett, wo sie sich neben Savannah auf den Rücken fallen ließ. Beide starrten angestrengt an die Decke und kicherten zwischendurch immer wieder. Riley deckte die nackte Savannah zu und hoffte inständig, dass sie und ihre Mutter einschlafen würden.

Savannahs Hand stahl sich unter der Decke hervor. Sie nahm die Hand von Rileys Mutter. »Meinst du, sie ist hier? Und schaut auf uns herab? Wenn sie wirklich hier ist, will ich nicht, dass sie durch das Portal verschwindet.«

Riley schnürte es die Kehle zu. Ein seltsames Gefühl überkam sie, als ihr zum ersten Mal die Verbindung zwischen ihrer Mutter und Savannahs Mutter klar wurde. Ihre Mutter hatte sie gekannt. Sie war nicht ihre beste Freundin gewesen, wie Jades Mutter, aber sie hatte sie *gekannt*. Der Gedanke, dass ihre Mutter die Frau gekannt hatte, die Josh und seine Geschwister nie wirklich kennenlernen durften, ließ ihr die Tränen in die Augen steigen. Sie hatte solches Glück, dass ihre Mutter da war und sie Zeit miteinander verbringen konnten. Unerklärlicherweise verspürte sie plötzlich den Drang, ihr von dem Baby zu erzählen, und sie erkannte, dass sie mit ihrer Mutter etwas teilen wollte, das Josh und Savannah nie mit ihrer eigenen Mutter teilen konnten. Die Welle der Schuldgefühle, die diesem Gedanken auf dem Fuße folgte, war so heftig, dass sie sich an der Kommode festhalten musste, um nicht umzusinken.

»Hast du das gehört?« Lacys Stimme drang aus dem Badezimmer und katapultierte Riley zurück in die Wirklichkeit mit all ihren Verrücktheiten.

Sie vergrub ihre Gefühle tief in ihrem Innern und ging ins

Badezimmer, wo Max und Lacy mit Lippenstift die Wände bemalten. Einen Moment lang schloss sie die Augen und redete sich ein, dass ihre Freundinnen nicht plötzlich den Verstand verloren hatten, sondern unter dem Einfluss von Marihuana und Alkohol standen. Als sie die Augen aufmachte, waren die beiden gerade dabei, sich gegenseitig die Zehennägel mit Lippenstift anzumalen.

Na prima.

Wenigstens ließen sie die Lampen in Ruhe.

Riley verließ das Badezimmer und schloss leise die Tür. Vielleicht gelang es ihr, sie lange genug an einem Ort zu halten, an dem sie keinen weiteren Schaden anrichten konnten, während sie nach Brianna suchte.

Auf dem Weg zur Treppe hörte sie Jades Stimme. *Verdammt!* Jade hatte sie ganz vergessen. Sie folgte dem Klang bis zu … Joshs Schlafzimmer? Sie stieß die Tür auf und fand Jade auf dem Bett neben Brianna, die ausgestreckt auf dem Bauch lag. Bis auf ein Handtuch, das ihren Hintern bedeckte, war sie immer noch nackt.

Riley verstand überhaupt nichts mehr. »Wo ist Josh?«

Jade deutete kichernd auf Brianna.

Riley verschränkte die Arme und funkelte sie an. »Nicht Brianna. Ich meine *Josh*. Meinen zukünftigen Ehemann. Das heißt, falls ich euch nicht allesamt umbringe und die Hochzeit wie geplant steigen kann.«

Jade zuckte die Achseln und rollte sich gemütlich neben Brianna zusammen. Einen Arm hatte sie schützend über ihren Rücken gelegt.

Riley ging auf den Flur hinaus, schloss die Tür hinter sich und atmete tief durch. Wo zur Hölle war Josh? Sie klopfte an Rex' Tür, und als er nicht antwortete, klopfte sie lauter. Er schien zu schlafen wie ein Toter. Sie stieß die Tür auf und trat an das Bett, wo Rex in nichts als einer knappen Unterhose lag, einen Arm über die Augen gelegt. Verdammt! Sie zwang sich, nicht tiefer als bis zu seiner Taille zu blicken. Dass das alles ziemlich peinlich sein würde, hatte sie nicht bedacht. Der Mann war gebaut wie der Unglaubliche Hulk. Fehlte nur noch die grüne Farbe.

»Rex«, flüsterte sie.

Keine Reaktion.

»Rex!«, sagte sie etwas lauter und stupste ihn an.

Er riss die Augen auf und sprang aus dem Bett. »Was ist los? Sind Jade und mein Junge okay?«

»Der kleine Hal schläft. Und wenn du ›total bekifft‹ und ›mit der splitterfasernackten Brianna im Bett‹ okay nennst, dann würde ich sagen, dass es Jade einfach super geht.«

In Windeseile hatte er sich die Jeans übergestreift und war an der Zimmertür. »Bekifft? Jade raucht nicht und Drogen nimmt sie auch nicht. Und mit dem Alkohol hält sie sich auch zurück.«

Riley rannte hinter ihm her und hielt ihn fest, damit er nicht einfach ins Zimmer stolperte. »Warte. Brianna ist vollkommen nackt. Ich hätte erst Hugh holen sollen, aber daran habe ich nicht gedacht.«

»Riley, entweder sagst du mir auf der Stelle, was los ist, oder ich gehe da rein und hole Jade, egal, ob Brianna etwas anhat oder nicht.«

»Sie hat mit Marihuana versetzte Brownies gegessen. Alle Mädels haben davon gegessen.« Sie verschränkte die Arme, um sich vor dem mörderischen Blick zu schützen, den er ihr zuwarf. »Es ist nicht meine Schuld! Elisabeth hat sie mir versehentlich gegeben. Aber ... warte hier.« Da sie nicht wusste, wie bekleidet oder unbekleidet Hugh schlief, änderte sie rasch ihre Meinung. »Nein, ich warte. Du holst Hugh. Für eine Nacht habe ich genug Bradens in ihrer Unterwäsche gesehen. Nur mein Zukünftiger war nicht dabei. Gott, wie sehr ich ihn jetzt bräuchte.«

Rex' Muskeln zuckten, ein sicheres Zeichen, dass er gegen den Drang ankämpfte, ins Schlafzimmer zu stürzen und seine Frau herauszuholen.

»Ich bleibe bei ihr«, versprach sie. »Bitte, hol deine Brüder und Jack. Bitte?«

Zögernd ging er davon und trat in Hughs Zimmer, ohne zu klopfen. Sie konnte nicht verstehen, was sie sagten, aber hörte ihre tiefen Stimmen. Riley spähte in den Raum, in dem Jade und Brianna schliefen. Sie lagen noch genauso da wie eben.

Gleich darauf kam Hugh mit einem Bademantel bekleidet in den Flur. Rex verschwand wortlos in Treats und Jacks Zimmer. Kaum einen Wimpernschlag später ragten Jack und Joshs Brüder drohend über ihr auf und bombardierten sie mit Fragen. Sie hob die Hände, um sie zum Schweigen zu bringen.

»Elisabeth hat mir Brownies mitgegeben. Sie waren mit Gras versetzt, aber das wussten wir nicht und sie haben sie gegessen. *Und die halbe Speisekammer obendrein.* Hugh, am besten gehst du zuerst hinein und ziehst Brianna etwas über. Rex, wenn er rauskommt, gehst du rein.« Sie sah die anderen an und bedeutete ihnen, ihr zu folgen. »Es ist kein besonders schöner Anblick«, sagte sie vor der Tür zur Suite.

Treat streckte die Hand nach der Türklinke aus.

»Warte«, sagte Riley. »Jack, geh du zuerst, denn Savannah ist auch nackt.«

Jack gab einen knurrenden Laut von sich, bei dem Riley fast die Haare zu Berge standen.

»Es ist nicht meine Schuld«, wiederholte sie.

Jack verschwand im Zimmer. Bis er mit Savannah auf dem Arm wieder herauskam, verging gefühlt eine halbe Ewigkeit, doch in Wirklichkeit waren es nur ein paar Minuten. »Es sieht ganz schön wüst aus da drinnen«, sagte er zu Treat.

Mit einem Blick auf Hugh und Dane drängte sich Treat an Jack vorbei und hielt den anderen die Tür auf. Rileys Mutter war auf dem Bett eingeschlafen.

»Wo ist sie?«, fragte Treat.

Riley deutete auf die Badezimmertür. »Mit Lacy.«

»Oh, meine Süße«, flüsterte Treat mit so erstickter Stimme, dass es Riley wehtat.

»Baby«, sagte Dane und folgte seinem Bruder zum Badezimmer.

»Danke, Riley«, sagte Jack. »Alles okay mit dir?«

Riley nickte, aber eigentlich war nichts okay. Sie war müde und der Schreck über die nächtlichen Ereignisse saß ihr in den Knochen. Was, wenn sie von den Brownies gegessen hätte? Was, wenn die Kinder sie in die Finger bekommen hätten? Und das Haus der armen Charlotte war ruiniert. Okay fühlte sich weiß Gott anders an.

Jack und Treat versprachen ihr, am Morgen beim Aufräumen zu helfen. Dann verschwanden sie jeder mit seiner Frau auf dem Arm in ihren Zimmern. Dane kam als Letzter, nachdem er sich die Zeit genommen hatte, Lacy den Lippenstift vom Gesicht zu waschen.

»Ri«, sagte er mit Lacy in seinen Armen. »Mach dir deswegen keine Sorgen. Josh hat schon unseren Cousin Beau angerufen und mit ihm vereinbart, dass er sich ein paar Wochen Zeit nimmt, um das Haus für Charlotte auf Vordermann zu bringen. Wir setzen die Wand und das Badezimmer einfach mit auf die Liste. Wir schaffen das, okay?«

Sie nickte dankbar. Wie dankbar sie ihrem zukünftigen Ehemann und seinem Bruder für ihre Umsicht war, konnten die beiden nicht einmal ahnen.

»Dane«, sagte Lacy schläfrig. »Meine Aura ist rot, stimmt's?«

Er küsste sie auf die Stirn. »Ja, Schatz.«

»Weißt du, wo Josh ist?«, fragte Riley. »Er war nicht in seinem Zimmer.«

Ein schmerzlicher Schatten überflog Danes Gesicht. Lacy regte sich in seinen Armen und er flüsterte: »Er ist im Ostflügel, aber von mir weißt du das nicht.«

Während ihr diese mysteriöse Antwort im Kopf herumwirbelte, beschloss sie, ihre Mutter schlafen zu lassen, und ging über die Hintertreppe zum Ostflügel.

Fünf

Zwei Stunden. So lange hatte sich Josh schon mit Rileys Hochzeitskleid und einer alten Nähmaschine allein in einer Suite verschanzt. Die meiste Zeit hatte er damit verbracht, das neue Design zu skizzieren und daran zu feilen. Ansonsten war er ruhelos auf und ab gegangen und hatte sich selbst Mut zugesprochen, den ersten Schnitt in ihr wunderschönes Gewand zu wagen. Mit einer Schere in der Hand näherte er sich dem langen Holztisch, auf dem das Kleid lag wie ein Opferlamm auf der Schlachtbank. Kaum hob er die Schere, war der Schmerz in seinem Bauch wieder da, gegen den er angekämpft hatte. Er konnte ein Kleid, an dem sie monatelang gearbeitet hatten, nicht zerschneiden. Mit den Fingern fuhr er über die bunten Strichmännchen in der Rockmitte und musste unwillkürlich lächeln. Was wäre, wenn ihr eigenes Kind den Stoff »dekoriert« hätte? Würde er seine Kreationen einfach wegwerfen, nur weil sich das Kind die falsche Leinwand gesucht hatte?

Die Antwort auf diese Frage fiel ihm leicht. *Auf keinen Fall.*

Josh fuhr sich mit der Hand durch sein dichtes Haar und wusste, was er tun musste. Er rieb sich den Nacken und überlegte, wie er Riley die Nachricht überbringen sollte. Aber so sehr er auch versuchen würde, es abzufedern, sie würde am Boden zerstört sein. Auch wenn sie nach außen stark und entschlossen wirkte, schlug in ihrer Brust doch ein süßes, empfindsames Herz, das sich sehnlichst gewünscht hatte, dieses funkelnd weiße Hochzeitskleid zu tragen, wenn sie sich das Jawort gaben.

Seufzend legte er die Schere neben das Kleid, stützte die Hände auf die Tischplatte und ließ den Kopf nach vorn fallen. Er schloss die Augen und suchte nach den richtigen Worten, um Riley die Situation zu erklären. Nun brauchte er nur noch den nötigen Mut, Riley zu suchen.

»Josh?«

Joshs Kopf schnellte in die Höhe, als er Rileys zittrige Stimme hörte. Er drehte sich um und erschrak. Sie hatte die Augen weit aufgerissen, ihre Miene war angespannt und zerzaustes Haar umrahmte ihr blasses Gesicht. Ihr Blick fiel auf das auf dem Tisch ausgebreitete Kleid und einen Moment lang blieb sie verwirrt stehen.

»Baby.« Er streckte die Hand nach ihr aus, doch sie ging wie betäubt an ihm vorbei zum Tisch. Schweigend musterte sie das Kleid, bis ihr Blick auf den Kritzeleien der Kinder verharrte. »Ich kann dir alles erklären.«

Sie öffnete den Mund, brachte aber kein Wort hervor. Sie sah ihn kurz an, schloss den Mund und betrachtete dann wieder das Kleid.

»Baby, die Kinder waren nur für ein paar Minuten allein. Sie haben versucht, es zu verzieren, damit es nicht so langweilig aussieht.« Warum hatten diese Worte in seinem Kopf sehr viel überzeugender geklungen?

»W-was …?« Tränen traten ihr in die Augen, als sie das Kleid in die Arme schloss und es an die Brust drückte. Unter ihren bebenden Händen bauschten sich Schichten von Tüll.

»Mein Vater hat auf sie aufgepasst und hat ihnen nur kurz

den Rücken zugewandt, weil er die Babys wickeln musste.« Er kam sich albern und schwatzhaft vor und brachte es nicht übers Herz, die Jungen beim Namen zu nennen. »Es tut mir leid. Ich wünschte, ich hätte es verhindern können.«

Sie sagte kein Wort und ihr Schweigen war schwerer zu ertragen als ein Wutausbruch. Sie blinzelte gegen die Tränen an, griff nach seinen Zeichnungen und betrachtete sie lange. Plötzlich schien es, als sei alle Luft aus dem Raum gewichen. Oder vielleicht war es nur seine Kehle, die wie zugeschnürt war.

Er legte ihr einen Finger unters Kinn und zwang sie, ihn anzusehen. »Wenn du willst, mache ich mich sofort an die Arbeit und behebe den Schaden. Ich habe alles, was ich brauche. Als du hereinkamst, wollte ich dich gerade suchen gehen, um es mit dir zu abzusprechen.«

»Wann ist das passiert?«, flüsterte sie kaum hörbar.

Joshs Herz zog sich noch enger zusammen. »Heute Nachmittag.«

»Und du dachtest, du könntest das Kleid heute Nacht umändern? Nachdem du letzte Nacht nur ein paar Stunden geschlafen hast.« Sie hielt das Kleid hoch. »Bei all diesen Schichten?«

Ein ungläubiges Lachen sprudelte aus ihr hervor, doch es war die Träne, die langsam über ihre Wange rollte, die Josh schier zerriss. Er wischte sie mit den Fingerspitzen weg und nickte. »Charlotte hat mir die Nähmaschine ihrer Mutter gegeben, und ich hoffe, dass das weiße Garn reicht, aber da bin ich mir nicht so sicher. Ich dachte mir, selbst wenn wir cremefarbenes Garn nehmen müssten, wäre das besser als …«

Sie presste ihre Lippen auf seine, und er schloss sie verwirrt und dankbar zugleich in die Arme, ohne sich um das Kleid zu kümmern, das in der Umarmung zerdrückt wurde. Tränen glitten über ihre Lippen und der Kuss war ebenso salzig wie süß.

»Ich liebe dich dafür, dass du das für mich tun wolltest«, sagte sie durch die Tränen hindurch.

»Ich habe es nicht über mich gebracht. Ich konnte das Kleid nicht zerschneiden. Nicht ohne deine Zustimmung. Jedes Mal, wenn ich es versucht habe, hat mich etwas zurückgehalten. Ich musste an den Abend denken, als wir das Oberteil entworfen haben. Als ich die Rosenapplikationen vorschlug, leuchteten deine Augen, als hätte ich dir den Mond vom Himmel geholt. Und ich dachte daran, wie oft ich morgens aufgewacht bin und dich über unsere Zeichnungen gebeugt gesehen habe. Du hast sie noch genauer ausgearbeitet und dir neue Details ausgedacht und hast dabei eine Energie an den Tag gelegt, als hättest du schon drei Tassen Kaffee getrunken.«

Er lehnte seine Stirn an ihre. »Es tut mir so leid, Riley. Es tut mir leid, dass wir uns von den Bahamas wegschleichen mussten, und die Sache mit deinem Kleid tut mir auch leid und – lieber Gott, du zitterst ja.« Er sah sie fragend an, und sie erwiderte seinen Blick mit so vielen Emotionen, dass er sie nicht auseinanderdividieren konnte. »Wir können noch einmal von vorn anfangen. Verschieben wir die Hochzeit auf das kommende Wochenende, dann haben wir das Kleid repariert und ...«

»Nein«, sagte sie und schüttelte nachdrücklich den Kopf. Sie breitete das Kleid auf dem Tisch aus, drehte sich zu Josh um und krallte die Hände in sein Hemd. »Ich möchte mit dem Heiraten nicht warten. Wir haben schon so lange gewartet.« Sie warf einen traurigen Blick auf das Kleid. »Wir haben uns solche Mühe damit gegeben und das hier ...« Sie fuhr mit der Hand über die Kritzelzeichnungen der Kinder. Ihr Atem ging rascher. »Vielleicht müssen wir es einfach positiv sehen. Würden sich die

Paparazzi nicht die Finger danach lecken? Das macht unsere Hochzeit zu etwas ganz Besonderem, meinst du nicht auch?«

»Nein, Baby. Das gibt ihr den typischen Josh-und-Riley-Touch.«

Das entlockte ihr ein Lächeln, und die Stücke, in die sein Herz zersprungen war, fügten sich allmählich wieder zusammen.

»Jetzt verstehe ich, warum wir vor den Fotografen davonlaufen mussten, warum wir deine Familie zurückgelassen haben und uns in einem großen Haus verstecken, wo meine Mutter und deine Schwester und alle Mädels von Elisabeths Brownies so high geworden sind, dass sie mitten in der Nacht im See baden und Löcher in die Wand schlagen und Geister beschwören und –«

Josh wusste nicht, ob sie wütend, unglücklich oder sarkastisch war, aber sie redete offensichtlich Unsinn. Er legte ihr die Hände auf die Schultern und versuchte, ihren Wortschwall einzudämmen. »Riley, jetzt mal langsam. Das ergibt alles keinen Sinn.«

Sie verdrehte die Augen. »Oh, du hast mich schon ganz richtig verstanden. Diese Brownies, die Elisabeth mir gegeben hat, waren für eine Kundin gedacht. Sie waren mit Marihuana versetzt. Zum Glück habe ich keine gegessen.« Unwillkürlich ging ihre Hand auf ihren Bauch. »Aber alle anderen haben davon gegessen, auch meine Mutter. Und dann sind sie über die Reste vom Abendessen hergefallen. Irgendwann haben sie völlig den Verstand verloren. Ich musste die Männer aufwecken, damit sie sich um sie kümmern und auf sie aufpassen. Oh, und Dane hat gesagt, du hast mit Beau vereinbart, dass er ein paar Arbeiten hier am Haus erledigt. Stimmt das?«

»Ja, ich habe ihn angerufen, als wir uns die Terrasse genauer angesehen haben. Uns war aufgefallen, dass da ein paar ...« Josh versuchte immer noch zu begreifen, was sie gesagt hatte. »Moment mal, Löcher in der Wand? Ehrlich? Ist sonst alles in Ordnung mit ihnen?«

»Ja, aber es war ganz schön chaotisch. Erst dachte ich, sie wären betrunken, aber dann habe ich eine Nachricht von Elisabeth gelesen, in der sie schrieb, dass sie mir aus Versehen die Medizin-Brownies gegeben hat, die sie für eine Kundin gebacken hatte.«

Josh lachte auf und versuchte dann schnell, seinen Gesichtsausdruck unter Kontrolle zu bekommen. »Tut mir leid. Eigentlich ist das nicht zum Lachen, aber –« Das Lachen sprudelte nur so hervor und gleich darauf prustete auch Riley los. »Und deine Mutter war high?«

»Und wie!« Das Lächeln ließ ihre Augen leuchten, und als sie einen Blick auf das Kleid warf, pochte Joshs Herz ein wenig heftiger.

Er nahm ihre Hand, drückte einen Kuss darauf und führte sie zum Bett, wo sie sich auf die Kante setzte. »Weißt du eigentlich, wie sehr ich dich liebe, Riley Banks?«

»Du scheinst ein Faible für Frauen zu haben, die vom Pech verfolgt sind.«

»Ich habe nur ein Faible für dich, Baby. Pech, Glück. Ich nehme alles. Was mit deinem Kleid passiert ist, ist schrecklich, aber gleichzeitig passt es auch, meinst du nicht?« Er drückte sie sanft nach hinten und schob ihr T-Shirt hoch.

Sie sah zu, wie erst seine Finger und dann seine Lippen behutsam über ihren Bauch fuhren, und vergrub die Hände in seinen Haaren.

»Ich habe dich heute vermisst«, flüsterte sie und atmete etwas heftiger.

Er legte sich auf sie, stützte sich auf einen Unterarm und

streichelte ihr die Wange, während er sie küsste. Einige lange, langsame Küsse später sah er ihr in die Augen und sagte: »Ich habe dich auch vermisst. Es tut mir leid, dass dir die Nacht vor der Hochzeit verdorben worden ist.«

Er zog ihr T-Shirt noch weiter nach oben, hakte ihren Spitzen-BH auf und schob die Körbchen zur Seite. »Aber ich habe vor, es wiedergutzumachen.«

Seine Zunge glitt über eine Brustwarze, die sich ihm entgegenstreckte, und Riley schnappte nach Luft. Dann tastete sich sein Mund zu ihrer anderen Brust und wieder machte sich die Zunge ans Werk. Er wusste, wie er sie reizen konnte. Sie wand sich unter ihm und drängte sich an seine Erregung.

»Josh«, flehte sie und zog seinen Mund an ihre Brust.

Er ließ eine Hand an ihrer Hüfte entlanggleiten und packte ihren Hintern, während er seine Erektion an ihre Mitte drückte. Sie erzitterte am ganzen Körper, aber dieses Zittern war ihm vertraut. Sie war ganz bebendes Begehren, von dem er träumte, nach dem er sich sehnte und das sich in sein Gedächtnis gebrannt hatte. Ihr Atem wurde flacher, als er ihre Brustwarze mit Zähnen und Zunge umspielte, während er seine Hüften gegen ihre stieß. Sie spreizte die Beine und zog die Knie an, sodass sie seinen Körper einrahmte. Verdammt, er hätte ihr am liebsten die Kleider vom Leib gerissen und sie schnell und hart genommen, aber das wilde Pochen ihres Herzens und das sexy, hungrige Wimmern, das ihren weichen Lippen entfuhr, waren selbst die quälendste Verzögerung wert.

»Dies ist meine letzte Nacht mit dir als meiner Verlobten, und ich habe vor, jeden Moment zu genießen.« Er legte seinen Mund auf ihren, nahm sie in einem tiefen, leidenschaftlichen Kuss und wurde mit weiterem gierigem Stöhnen belohnt. Als sich ihre Lippen voneinander lösten, zupfte er mit den Zähnen an ihrer Unterlippe und zog sanft daran. Ihr Liebesleben kannte keine Grenzen und genauso mochte er es. Es gab nichts, was sie nicht probiert hätten, und heute Nacht wollte er sie ganz und gar.

Er zog ihr das T-Shirt über den Kopf und machte kurzen Prozess mit ihrem BH und seinem Hemd. Sie tastete nach dem Knopf ihrer Jeans, doch er hielt ihre Hand fest.

»Lass mich das machen.« Er küsste sie wieder, diesmal etwas rauer als zuvor, genau so, wie sie es mochte. Ihre Brustwarzen drückten sich an seine Brust und ihre Hände fuhren an seinen Armen entlang. »Ich liebe es, wenn du mich berührst, Baby.«

Er küsste sich an ihrem Körper hinunter, nahm sich für jede Brust reichlich Zeit und reizte sie, bis sie verzweifelt aufkeuchte. Mit der Zunge malte er eine Spur über ihren Bauch, bevor er mit den Zähnen den Knopf an ihrer Jeans aufmachte. Langsam zog er den Reißverschluss auf und genoss es, dass ihr Atem bei dem Geräusch schneller ging. Sie krallte die Finger ins Laken und wölbte den Rücken, als er ihren Hosenbund packte und ihr die Jeans und den Slip auszog.

»Ich werde nie müde werden, dich anzusehen, Baby.« Er stand am Ende des Bettes und weidete sich am Anblick ihrer herrlichen Rundungen und des süßen, ein wenig schüchternen Ausdrucks auf ihrem schönen Gesicht. Schließlich streifte er seine Schuhe ab und zog sich aus.

Sie setzte sich auf und legte ihre zarten Finger um seine Härte. Als sie die Lippen darauf senkte, brannte tiefes, gieriges Wohlgefühl in seinen Adern. Sie wusste genau, wie sie ihn berühren musste. Sie nahm ihn tief in ihren Mund auf, zog sich dann langsam wieder zurück und bearbeitete ihn dabei mit den Fingern, immer wieder, bis er sich kaum noch zurückhalten konnte. Als er seine Härte an der Basis umfasste, ließ sie von ihm ab.

»Ich möchte in dir kommen, Baby.« Er legte sie auf den Rücken und fuhr mit den Händen an den Außenseiten ihrer Beine entlang, während er die Innenseiten mit Küssen bedeckte. »Wenn ich dich verschlungen habe.«

Sie biss sich auf die Unterlippe, wie sie es immer machte, wenn sie ihn nicht anbetteln wollte. Es gefiel ihm, wenn sie bettelte, und er mochte es, wenn sie nahm und gab. Er streifte die empfindliche Haut mit den Zähnen und begann, fest zu saugen.

»Josh«, flehte sie und wölbte ihm die Hüften entgegen.

Er packte sie mit beiden Händen, leckte und saugte und küsste sich bis zu ihrer Mitte, atmete den verführerischen Geruch ihres Verlangens ein und spreizte ihre Beine weiter auf. Sie hatte die Augen geschlossen, und ihr Herz klopfte so wild, dass ihre Brüste bei jedem Schlag bebten.

»Ich liebe dich, Riley June«, sagte er, bevor er die Zunge in ihre Süße tauchte. Dann gab es kein Halten mehr. Er liebte sie mit dem Mund und den Händen, bewegte sich mit ihr, als sie sich aufbäumte und sich unter ihm wand, während sie bettelte und ihre Nägel in seine Schultern grub. Weiter, immer weiter trieb er sie auf den Gipfel der Leidenschaft, bis sie schließlich laut stöhnend den letzten Rest der Kontrolle verlor. Zum Glück waren sie in einem Teil des Gebäudes, wo sie niemand hören konnte. Er genoss es, zu spüren und zu hören, wie sie sich ihm hingab und ihrer Leidenschaft ohne jede Zurückhaltung folgte. Er küsste sich Zentimeter für Zentimeter auf ihrer glühenden Haut nach oben, verharrte an ihrem Bauch und freute sich, dass ihr Baby tief in ihr wuchs. Schließlich sah er ihr in die Augen, während die Spitze seiner Härte an ihrer feuchten Mitte ruhte, und sein Herz quoll schier über vor Liebe.

»Du bist mein *Leben*, Baby. Meine Liebe, meine Hoffnungen, meine Träume. Mein *Ein und Alles*.«

»Josh«, flüsterte sie. »Du warst immer schon mein Ein und Alles.«

Als ihre Münder zusammenkamen und ihre Körper eins wurden, fiel das Chaos des Tages von ihnen ab.

Sechs

Josh lag in einem Liegestuhl auf der geschützten Terrasse vor der Suite im Ostflügel, in dem sie sich bis in die frühen Morgenstunden geliebt hatten, und sah zu, wie sich die Sonne über den Berggipfeln erhob. Er zupfte die Decke um Rileys Schultern zurecht und sie kuschelte sich noch enger an ihn und schlang ihre Beine um seine. Nach viel zu wenigen Stunden Schlaf hatten sie ein warmes Bad genommen – ihr letztes als unverheiratetes Paar –, hatten sich Kissen und Decken gegriffen und waren nach draußen gegangen, um den Sonnenaufgang zu sehen. Die Luft war frisch und satt vom Duft von Kiefern, Tau und Liebe.

Letzte Nacht, als Riley erfahren hatte, was die Jungen mit ihrem Kleid angestellt hatten, war das ganze Ausmaß des Schadens gar nicht recht zu ihr durchgedrungen, so sehr war sie in Gedanken noch mit dem Durcheinander um die Brownies beschäftigt gewesen. Auf dem Weg zur Terrasse hatte sie jedoch einen langen Blick auf den bemalten Rock geworfen und den Verlust des perfekten Kleides beklagt, das sie und Josh gemeinsam erschaffen hatten. Josh hatte sie im Arm gehalten, während sie weinte, und sie im Flüsterton daran erinnert, wie sie es entworfen hatten. Da wusste sie, dass es nicht der makellos weiße Rock war, der das Kleid so perfekt gemacht hatte. Es war die Zeit, die sie beim Planen und Nähen zusammen verbracht hatten, die Art und Weise, wie sie Ideen ausgetauscht hatten und ihre Liebe in jeden Aspekt des Designprozesses geflossen war. Natürlich tat es weh, aber den niedlichen kleinen Burschen konnte sie nicht wirklich böse sein, hatten sie ihr doch nur helfen wollen, ihr Kleid *noch* schöner zu machen. Vielleicht hatten Max und Brianna zwei kleine Designer unter ihren Fittichen.

»Wir heiraten«, sagte Riley leise und fuhr unter der Decke mit den Fingern über Joshs Bauch.

»Wenn du so weitermachst, tun wir gleich etwas ganz anderes als heiraten.« Er beugte sich vor und küsste sie.

Sie lachte und sonnte sich in der wohligen Wärme seiner Bewunderung. Seine Zuneigung war grenzenlos, sein Blick war verführerisch und seine Berührungen … Nun, ihr Körper regte sich schon an all den richtigen Stellen, wenn sie sich nur vorstellte, wieder nackt unter ihm zu liegen. Aber heute früh hatte sie zu tun. Als in der vergangenen Nacht alles drunter und drüber gegangen war, hatte sie die Torte auf der Küchentheke stehen lassen, und nun wollte sie sie wegräumen, bevor die Kinder oder Josh sie sahen.

Sie stemmte sich hoch und sorgte dafür, dass etwas Abstand zwischen Josh und ihr entstand, bevor sie es sich anders überlegte. »Ich muss den Kuchen wegstellen.«

Er legte ihr seine warme Hand auf den Arm. »Ich helfe dir.«

»Netter Versuch.« Sie beugte sich vor und gab ihm einen züchtigen Kuss. »Das ist meine Überraschung für dich. Das, was du eigentlich erst in der Hochzeitsnacht haben solltest, hast du ja schon bekommen. Den Kuchen kriegst du vorerst nicht zu Gesicht.«

Er zog sie an sich. »Ein Nachschlag – oder zwei oder sieben Nachschläge – von dir sind mir allemal lieber als Kuchen.«

»Du Vielfraß«, sagte sie und dachte daran, wie sie sich geliebt hatten und dabei kein Zentimeter ihres Körpers unberührt geblieben war.

»Nur, wenn es um dich geht, Baby.«

Seine faszinierenden dunklen Augen lockten sie. Er schob sich unter sie und drängte sich mit verführerischen Stößen an sie, während er sie in einem qualvoll langsamen, elektrisierenden Kuss nahm. Dann waren seine Hände auf ihrem Hintern und drückten sie noch fester an sich. Die Gedanken an die Torte lösten sich in Luft auf. Seine Hände schoben sich in ihre Jeans, stöhnend umfasste er ihre nackten Pobacken. Gott, sie liebte die Art, wie er alles um sie herum verzauberte und ihr Herz flattern ließ. Ein Vogelschwarm flog laut zwitschernd vorbei und zerriss den Nebel aus Lust in ihrem Kopf.

»Josh«, sagte sie atemlos, als sie sich seinem Griff entwand. »Es geht nicht.«

»Oh doch, Baby, es geht.« Er zog sie wieder an sich, und sie versuchte kichernd, sich zu befreien.

»Die Kinder werden den Kuchen sehen«, sagte sie, während er an ihrem Hals knabberte. »Und dann wollen sie ihn essen, und ihre Eltern haben alle Mühe, sie abzulenken. Das können wir ihnen nicht antun.«

Er sah sie mit einem sündigen und gleichzeitig schmollenden Blick an, der sie innerlich dahinschmelzen ließ. Die aufgehende Sonne spiegelte sich in seinen Augen, und sie hatte schon fast vergessen, warum sie überhaupt Nein gesagt hatte.

»Ich bin mir sicher, dass ich es bereuen werde.« Sie schob seine Hände weg und setzte sich auf. »Aber wir haben schon ein bemaltes Kleid, und ich bin mir sicher, dass die Mädels alle mit verquollenen Augen auf den Hochzeitsfotos sein werden, weil sie nicht genug Schlaf bekommen haben. Lass mich wenigstens den Kuchen verstecken, bevor wir uns auch noch mit weinenden Kindern herumplagen müssen. Ich komme gleich wieder. Versprochen.«

Er hielt ihre Hand, als sie aufstand, dann erhob er sich mit einem tiefen Seufzer. Statt sie loszulassen, zog er sie wieder an sich. Sein Mund nahm ihren gefangen und erfüllte ihren ganzen Körper mit Sehnsucht. Als ihre Lippen sich trennten, war ihr schwindelig vor Verlangen.

»Ich werde warten.« Er knöpfte seine Jeans auf und begann langsam, den Reißverschluss aufzuziehen.

»Oh Gott. Ich beeile mich.« Mit wild pochendem Herzen drehte sie sich um und rannte davon. Sie nahm zwei Stufen auf einmal und überlegte, dass sie die Torte von der Küche ins Esszimmer bringen und die schweren Holztüren schließen würde. Auf dem Treppenabsatz blieb sie stehen. Sie wollte nicht durch den Hauptteil des Hauses poltern und alle aufwecken. Während sie rasch das Wohnzimmer durchquerte, gingen ihre Gedanken zurück zu Josh, und sie bekam eine Gänsehaut. Sie spürte immer noch seine Lippen auf ihren, seine Hände auf ihrer Haut, seine Erektion an ihrer –

Ein markerschütternder Schrei riss Riley aus ihren Träumereien. Sie hastete in die Küche und blieb wie angewurzelt stehen. Max stand auf einem Stuhl, während eine Handvoll zischender Waschbären über die Arbeitsflächen huschten und aus den Schranktüren kletterten. Dabei fegten sie die Teller mit den Überresten von dem Gelage der letzten Nacht und das, was von Rileys Hochzeitstorte übrig war, mit lautem Krachen auf den Boden, bis sie schließlich aus der offenen Tür auf die

Terrasse verschwanden.

Alarmiert von Max' durchdringendem Kreischen stürzte Treat in die Küche, gefolgt von Rex, Jack und Dane. Treat schloss Max wortlos in die Arme und drängte sich mit ihr aus der Küche, an Hugh und Hal vorbei, die ebenfalls gerade aufgetaucht waren.

»Meine Torte!«, rief Riley. Als könnte sie damit etwas gegen gefräßige Waschbären ausrichten. Auf Zehenspitzen bahnte sie sich einen Weg durch das Chaos.

»Raus aus der Küche«, befahl Jack und sie gehorchte sofort. Vom Flur aus, wo Max sich in Treats Armen zu beruhigen versuchte, sah sie zu. Jack und die anderen rissen die Schranktüren auf und schauten unter den Möbeln nach, ob sich dort noch gierige Räuber versteckt hielten.

»Wir müssen im Rest des Hauses nachsehen«, sagte Rex und zeigte auf das Wohnzimmer, das Esszimmer und die Treppe, die zu den Schlafzimmern führte. Hugh, Hal und Dane schwärmten aus.

Bitte, bitte, lieber Gott, gib, dass die Waschbären nicht über die Kinder hergefallen sind.

Im selben Moment hörte sie Jack laut fluchen.

»Was ist?« Erschrocken machte Riley einen Schritt zurück. Angst durchflutete sie, und sie stellte sich vor, dass ganze Heerscharen von Waschbären sich über Jack hermachten.

Er sah sie entschuldigend an. »Sie sind auf den Pavillon geklettert.«

Ihr Herz sank. Auf den Pavillon? Mit den Vorhängen, die Josh vier Mal zurückgeschickt hatte, bis sie genau die Farbe hatten, die er sich vorstellte? Ihr Blick wanderte zu den Tortenresten und den Scherben, die in der ganzen Küche verstreut waren, und sie musste sich an der Wand abstützen, um nicht zusammenzubrechen.

»Oh, Riley«, hörte sie Max hinter sich sagen.

Riley konnte die Tränen nicht länger zurückhalten. Ein kräftiger Arm legte sich um ihre bebenden Schultern und Treat zog sie an seine breite Brust und hielt sie fest. Sie war sich vage der Stimmen und der Schritte bewusst, als die anderen die Treppe herunterkamen. Es war, als hätten sich alle Kräfte des Universums gegen ihre Hochzeit verschworen, und die Waschbären waren der Tropfen, der das Fass zum Überlaufen brachte. Plötzlich brachen all die Traurigkeit, all die Verwirrung der letzten vierundzwanzig Stunden, die sie irgendwo tief in ihrem Inneren vergraben hatte, brodelnd an die Oberfläche.

Nichts würde sie davon abhalten, Josh zu heiraten.

Kein Loch in der Wand. Keine Kritzeleien auf ihrem Hochzeitskleid und auch keine kaputte Torte. Nicht einmal eine Horde Waschbären würde ihre Hochzeit verhindern. *Diese verdammten Waschbären. Sind über meine Torte hergefallen und haben unseren Pavillon zerfetzt. Was kann sonst noch schiefgehen?* Sie löste sich aus der Geborgenheit von Treats Umarmung und wischte sich die Augen.

»Treat«, sagte sie und ihr Ton klang schärfer, als sie es beabsichtigt hatte. »Mach dich bereit, uns zu trauen.«

»Riley«, sagte Jade leise. »Was …?«

Riley drängte sich an ihrer Mutter, Jade und Lacy vorbei zur Treppe. »Mir ist es egal, was sonst noch passiert. Von mir aus kann es wie aus Kübeln schütten, sodass wir eine Arche bauen müssen, um zu überleben. Oder vielleicht fällt ein Bienenschwarm über uns her, während wir uns das Jawort geben. Ist. Mir. Egal. Unser Baby wird verheiratete Eltern haben!« Sie stürmte die Treppe hinunter. Sie war zu aufgebracht, um sich um die Schritte zu kümmern, die ihr folgten.

»Baby? Riley Roo –«

Oh Mist. Habe ich »Baby« gesagt? Mist, Mist, Mist.

Die Stimme ihrer Mutter klang ihr noch in den Ohren, als sie die Treppe hinunterstieg und schnell den Flur entlang zu der Suite ging, in der sie und Josh die Nacht verbracht hatten. Die Vorhänge des Pavillons, die Torte oder sogar die Paparazzi waren ihr egal. Sollten sie ruhig kommen und alles auf Video aufnehmen. Nichts davon spielte noch irgendeine Rolle.

»Baby?«, fragten Jade und Max wie aus einem Munde, als sie sie auf der Treppe einholten. Lacy und Savannah folgten ihnen auf den Fersen.

»Du bist schwanger?« Jade schob den kleinen Hal höher auf ihre Hüfte.

Auch ihre Mutter war jetzt bei ihr. Ihr besorgter Blick war unverwandt auf Riley gerichtet.

Riley biss die Zähne zusammen und schaute beim Gehen auf den Boden.

»Riley!« Jade packte sie am Arm und hielt sie auf. »Du bist schwanger und hast es mir nicht erzählt?«

Der Schmerz in der Miene ihrer besten Freundin ließ sie fast in die Knie sinken. »Ich …« Die anderen beobachteten sie aufmerksam und hingen an ihren Lippen. Sie warf einen Blick auf den kleinen Hal, der mit seinen großen dunklen Augen mal Riley und mal Jade anstarrte.

Liebe und Schuldgefühle zogen sich wie eine Schlinge um Rileys Hals zusammen. »Es hieß, ich könnte nicht schwanger werden«, brachte sie mühsam hervor. »Und dann war ich plötzlich doch schwanger. Und ihr wart alle so glücklich mit euren Babys und euren wunderbaren Familien. Und Josh und ich … wir klammern uns im Moment einfach an die Hoffnung, dass nichts passiert und unsere Schwangerschaft weitergeht.« Ihr Geständnis schnürte ihr die Kehle zu. Sie konnte es nicht ertragen. Es war alles zu viel. Mit zittrigen Beinen ging sie davon.

»Riley«, rief ihre Mutter ihr nach. »Du dachtest, du könntest keine Kinder bekommen?«

Die tiefe Traurigkeit in der Stimme ihrer Mutter weckte schmerzliche Erinnerungen an den Tag, als sie und Josh die niederschmetternde Nachricht vom Arzt erhalten hatten. Riley hatte stundenlang geweint und auch Josh hatte viele Tränen vergossen. Damals war ihr gar nicht der Gedanke gekommen, dass ihre Mutter dieselbe qualvolle Folter durchgemacht haben musste. Sie hatte sich eine große Familie gewünscht, aber nach Rileys Geburt war sie nicht mehr schwanger geworden. Riley verlangsamte ihren Schritt. Trauer und Schuldgefühle überschwemmten sie.

»Ri, das ist doch genau der Grund, warum du uns davon erzählen solltest«, sagte Jade eindringlich. »Du bist meine beste Freundin, und ich finde es schrecklich, dass du das allein durchlebt hast. Oh, Riley«, sagte sie traurig. »Du stehst sicher Todesängste aus. Das musst du nicht auch noch allein durchmachen.«

Riley ging noch langsamer. All das wusste sie doch längst, oder? »Aber ich bin nicht allein«, sagte sie leise. »Ich habe Josh.«

»Das ist nicht dasselbe«, sagte ihre Mutter sanft. »Schatz, es geht nichts über die Unterstützung von Frauen, die verstehen und dasselbe durchlebt haben wie du. Als jemand, der eine große Familie haben wollte und nur eine einzige perfekte Tochter bekommen hat« – sie ergriff Rileys Hand und drückte sie – »verstehe ich, was in dir vorgeht. Josh ist jetzt der wichtigste Teil deines Lebens und so sollte es auch sein. Aber er kann nicht wissen, wie es sich anfühlt, wenn Leben in dir wächst, und er kann nicht wissen, wie es ist, wenn dir jemand sagt, du würdest niemals ein Kind zur Welt bringen. Er kann es nicht so nachvollziehen wie eine Frau, die weiß, wie es ist, alles geben zu wollen, damit dieses Leben in ihr gedeihen kann. Wir sind hier, mein Mädchen. Wir sind immer für dich da. Nicht, um Josh zu ersetzen, sondern um ihm zur Seite zu stehen bei der Unterstützung, die er dir gibt.«

Die Schlinge zog sich enger zusammen, und was noch schlimmer war: Die Wahrheit in den Worten ihrer Mutter brachte eine andere Art von Schuldgefühlen mit sich. Riley hatte ihre beste Freundin, ihre anderen Freundinnen und ihre Familie von diesem Teil ihres Lebens ausgeschlossen, nicht aus Rücksicht auf ihre Gefühle, sondern eher aus Rücksicht auf ihre eigenen Gefühle.

»Ich hatte Angst«, flüsterte sie kaum hörbar. »Darüber zu reden macht es noch realer und …« Sie warf einen Blick auf Jade und den kleinen Hal und auf Max, Lacy und Savannah, die sie so mitfühlend ansahen. »Ich war auch eifersüchtig, und das ist schrecklich und abscheulich und so *falsch*.« Als sie sich um sie drängten und sie umarmen wollten, drohten ihre Gefühle, sie zu ersticken.

»Es tut mir leid«, sagte sie und wandte sich ab. »Ich kann nicht … ich kann es einfach nicht.« Sie rannte den Flur entlang, ohne sich noch einmal umzudrehen, und stieß die Tür zu ihrer Suite auf.

»Josh, ich möchte jetzt sofort heiraten und …« Sie blieb wie angewurzelt stehen. Josh lag auf dem Bett, die Arme hinter dem Kopf verschränkt. Und vollkommen nackt.

Max und Jade rempelten von hinten gegen Riley und lösten eine Woge der Panik in ihrem überdrehten Kopf aus.

»Oh Mist.« Josh sprang vom Bett und zog hastig seinen Slip an.

»Grundgütiger«, sagte Jade.

»Perfekt. Einfach perfekt.« Riley warf die Hände in die Luft und drehte sich um, während Max und Jade die anderen Frauen wegscheuchten, die versuchten, um sie herum ins Zimmer zu spähen. »Verschwindet, los, nun geht schon«, riefen sie.

Als Riley die Tür schließen wollte, wandte sich Jade noch einmal zu ihr um und sagte: »Vergiss uns. *Nimm* ihn!«

Riley schloss die Tür, lehnte sich mit dem Rücken dagegen und bedeckte das Gesicht mit den Händen. Sie war zu frustriert, um lachen oder weinen zu können. Alles, was sie hervorbringen konnte, war ein wimmerndes Geräusch, das dem der aufgescheuchten Waschbären nicht unähnlich war.

Josh stützte sich rechts und links von ihrem Kopf am Türblatt ab und drückte seinen Körper an ihren. »Warum haben sie mich nackt gesehen?«

Wieder drang verzweifeltes Wimmern aus ihrer Kehle.

»Baby, rede mit mir.«

Sie spreizte die Finger, sah sein lächelndes Gesicht und spürte, wie alle Wut aus ihrem Körper wich. Schließlich ließ sie die Hände sinken. »Waschbären sind über den Kuchen hergefallen.«

»Waschbären?«

»Mm-hm. Und sie haben die Vorhänge am Pavillon zerfetzt, und das wäre in New York niemals passiert.«

»Und die anderen sind dir bis hierher nachgelaufen, weil …?«

»Es kann sein, dass ich aus Versehen etwas über die Schwangerschaft gesagt habe.« Beschämt wich sie seinem Blick aus, doch sein Lächeln wurde breiter. »Es tut mir leid. Ich weiß nicht, wie das passieren konnte. Ich konnte einfach nicht mehr klar denken, als eins nach dem anderen kaputt ging. Moment mal, warum lächelst du?«

»Weil ich dich so sehr liebe. Als alles zum Teufel ging, galten deine Gedanken sofort unserem ungeborenen Kind.« Zärtlich fuhr er mit seinen Lippen über ihren Mund. »Baby, das ist schön.«

»Oder neurotisch«, erwiderte sie. »Oh Gott, Josh. Max und Jade haben dich *nackt* gesehen.«

»Tja, das ist ein bisschen blöd, aber jetzt …« Er griff hinter sie und verriegelte die Tür. »… werde ich dafür sorgen, dass all der Stress von dir abfällt.« Er zog ihr das T-Shirt über den Kopf und warf es zu Boden. »Um alles andere kümmern wir uns später. Hugh sagt, es bringt Unglück, wenn ein Mann seine Braut vor der Hochzeit nicht liebt.«

»Er hat es ein wenig anders formuliert.« Ein wohliger Schauder überlief sie, als er ihr den BH auszog und ihre Jeans herunterschob. »Aber in der Küche sieht es aus, als hätte dort ein Wirbelsturm gewütet, und deine Brüder und dein Vater und Jack suchen das Haus nach Waschbären ab.«

»Und das schaffen sie auch allein. Warum sollten wir uns nicht einmal etwas Egoismus gönnen?« Er kniete nieder und zog ihr die restlichen Kleider aus, streifte seinen Slip ab und hob sie in seine Arme. Ihre Beine schlangen sich um seine Taille, als er sie auf seinen harten Schaft setzte. Die tiefe, durchdringende Verbindung ließ sie beide aufstöhnen. Ihr ganzer Körper stand in Flammen, gierig nach seiner Liebe.

»Josh, wir sollten ihnen helfen«, sagte sie halbherzig und versuchte, gegen die Lust anzukämpfen, die von ihr Besitz ergriff, und das Richtige zu tun. Josh drückte sie mit dem Rücken an die Tür und stieß in sie hinein. »Oh Gott, du fühlst dich gut an.« Gegen ihre Liebe kamen all ihre guten Absichten nicht an. »Wir sollten ...« *Egoistisch sein. Sehr, sehr egoistisch sein.*

»Später«, versprach er und drang noch tiefer in sie ein. »Während du weg warst, habe ich die ganze Zeit daran gedacht, dich zu lieben, und nichts« – er fuhr mit der Zunge über ihre Unterlippe – »nichts« – er wand sich und sorgte dafür, dass ihr Innerstes seine Härte an all den richtigen Stellen zu spüren bekam – »nichts wird mich davon abhalten, auch das letzte Quäntchen Stress aus deinem wunderschönen Körper zu lieben.«

»Ja«, bettelte sie, und er liebte sie härter, tiefer und oh so perfekt, bis aller Stress komplett von ihr abfiel. Schließlich war nur noch seine süße Stimme übrig, die ihr Liebesbotschaften ins Ohr flüsterte, und sein heißer Körper, der sich über ihr, in ihr und um sie herum bewegte, sie vom Rest der Welt abschirmte und sie wieder ganz machte.

Sieben

Als die Sonne hinter den malerischen Bergen unterging, stand Josh neben seinen Geschwistern und seinem Vater, der sein Trauzeuge war, vor dem selbst gebauten Traualtar. Sie hatten den ganzen Tag gebraucht, um das Chaos zu beseitigen. Riley hatte mit ihrer Mutter eine weitere Hochzeitstorte fabriziert, und trotz allem, was mit der ersten passiert war, weigerte sie sich immer noch, Josh vor der Zeremonie einen Blick darauf werfen zu lassen. Von den Vorhängen am Pavillon waren nach dem Überfall der Waschbären nur noch Fetzen übrig, aber das hatte Josh nicht daran gehindert, den perfekten Rahmen für ihre Hochzeit zu schaffen. Layla, Adriana und ihre Mütter hatten genug Wildblumen gesammelt, um den hölzernen Rahmen damit zu schmücken. An einem Gitter, das Rex im Schuppen entdeckt und an den Stützen befestigt hatte, hatten die Brüder bunte Lichterketten angebracht. Die hatte Charlotte in einem Pappkarton mit der Aufschrift »Weihnachtsschmuck« in einem Abstellraum gefunden. Der Kronleuchter hing immer noch in der Mitte, allerdings war ein Teil eines Armes abgebrochen. Vermutlich das Werk der neugierigen Vierbeiner.

Das einzige vierbeinige Geschöpf, das Josh bei den Hochzeitsfeierlichkeiten dabeihaben wollte, war Hope, die ihm letzte Nacht im Traum erschienen war. Sie hatte wie jetzt im Gras am Fuß der Treppe gestanden, mit einem Blumenkranz, den die Mädchen gewunden hatten, um den kräftigen Hals. Und sie hatte gelächelt. Es war ein seltsames Gefühl, ein Pferd lächeln zu sehen – und zu erkennen, dass er vielleicht der Letzte war, der begriff, was seine Geschwister schon immer gewusst haben mussten. Es war egal, ob es eine spirituelle Verbindung zwischen seiner Mutter und dem Pferd oder einer Halskette oder sogar mit diesem Ort gab. Was zählte, war, dass sie in ihren Herzen lebte, und daher sahen und spürten sie sie selbstverständlich überall. Er war einfach viel zu sehr mit dem Aufbau seiner Firma und seines Lebens beschäftigt gewesen, um einen Blick über die Grenzen des Waldes zu werfen und die Bäume zu sehen.

»Mein Junge.«

Eine schwere Hand auf seiner Schulter riss ihn aus seinen Gedanken. Sein Vater sah ihn aus ernsten, dunklen Augen an.

»Die Sache mit Rileys Kleid tut mir wirklich leid.«

»Ich weiß, Dad. Mach dir keine Sorgen. Es sind Kinder und du hattest alle Hände voll zu tun. Riley wird die schönste Braut sein, egal, was sie anhat.«

»Die zweitschönste«, sagte sein Vater schmunzelnd. »Du bist der Letzte in meiner Familie, der heiratet, und damit geht eine Zeit zu Ende, die mir immer am Herzen lag.« Er drückte Joshs Schulter, während sein Blick über seine Söhne und dann über ihre Frauen schweifte, bevor er an Savannah haften blieb, die Adam auf dem Arm hatte. »Ich habe mir immer gewünscht, dass diese Zeit nie vorbei sein möge, aber mit all diesen Enkelkindern und jetzt, wo Riley offiziell ein Teil unserer Familie wird und euer Sohn oder eure Tochter unterwegs ist, hält die Zukunft viel bereit, auf das wir uns freuen können.«

Josh war die Kehle wie zugeschnürt. Er brachte kein Wort hervor, sondern konnte nur zustimmend nicken. Sein Vater und der Rest der Familie hatten die Nachricht von Rileys Schwangerschaft mit Verständnis und Begeisterung aufgenommen. Dieses chaotische Wochenende hatte ihm klargemacht, wie sehr er sich danach sehnte, in der Nähe seiner Familie zu leben, auch wenn es bei ihren Zusammenkünften manchmal drunter und drüber ging. Nichts konnte die Familie ersetzen.

Treat, der auf der anderen Seite neben Josh stand, räusperte sich, als Adriana und Layla in ihren hübschen pfirsichfarbenen Kleidern und mit den Blumenkränzen im Haar auf die Terrasse traten. Jedes der Mädchen hatte seinen kleinen Bruder an der Hand. In khakifarbenen Hosen und weißen Hemden sahen die beiden Jungen ungewöhnlich brav aus. Christian und Dylan trugen jeweils ein rotes Samtkissen mit einem Ehering, der in der Mitte mit einer hübschen weißen Schleife festgebunden war.

Die vier Kinder gingen langsam Richtung Traualtar und lächelten, als sei dies der glücklichste Tag ihres Lebens. Ohne Zweifel war es der glücklichste Tag in Joshs Leben. Nervös tastete er nach der Wölbung in seiner Tasche, wo er den Schlüssel zum Haus in der Rosedale Lane in Weston versteckt hatte. Er hatte es in der Woche gekauft, in der sie erfahren hatten, dass Riley schwanger war. Es sollte sein Hochzeitsgeschenk für Riley sein, damit sie in Ruhe wählen konnte und nicht den Druck verspürte, eine voreilige Entscheidung zu treffen. Ihre Eltern hatten sich freundlicherweise angeboten, gestern auf die Möbelwagen zu warten, eine Aufgabe, die er seinen Brüdern nicht hätte übertragen können. Deren Frauen waren zu neugierig und das Geheimnis wäre ganz sicher aufgeflogen. Treat und die anderen waren stark, aber Josh wusste aus eigener Erfahrung, dass diese Stärke der Wärme wahrer Liebe nicht standhielt. Allerdings würde er den Schlüssel in seiner Tasche nun doch nicht überreichen. Riley hatte den ganzen Tag immer wieder davon geredet, dass all das Chaos nicht passiert wäre, wenn sie in New York geheiratet hätten – Paparazzi hin oder her. Sie brauchte ihre Entscheidung gar nicht in Worte zu fassen. So sehr Josh sich auch darauf gefreut hatte, seine Kinder zumindest zeitweilig in der Nähe der Familie aufwachsen zu sehen, kam Rileys Glück für ihn an erster Stelle.

»Guck, Onkel Josh! Wir haben die Kissen nicht fallen lassen!«, sagte Dylan stolz, als er an die Seite seines Vaters trat.

Treat legte ihm eine Hand auf die Schulter.

»Das habt ihr prima gemacht«, sagte Josh. Er fragte sich, ob seine kleine Tochter oder sein Sohn jemals die Möglichkeit haben würden, ein Familienmitglied bei seinem Gang zum Traualtar zu begleiten. Zu sehen, wie Layla auf dem Schopf ihres Bruders eine widerspenstige Strähne glattstrich, ließ ihm das Herz aufgehen. In diesem Moment wusste er, dass seine und Rileys Kinder immer von liebevollen Cousinen und Cousins umgeben sein würden, wo immer sie auch leben mochten.

In ihrem bunt verzierten Hochzeitskleid trat nun Riley mit ihrem Vater auf die Terrasse. Ihr dunkles Haar fiel in sanften Wellen über ihre Schultern und sie trug stolz den Blumenkranz, den die Mädchen geflochten hatten. Josh stockte der Atem. Und als Riley lächelte und er auch in ihren Augen die Freudentränen glitzern sah, konnte er sich nicht zurückhalten und musste ihr auf halbem Weg entgegengehen.

»Hast du es so eilig?«, fragte sie mit einem leisen Lachen. Josh grinste wie ein Idiot.

Verdammt, er liebte ihr Lachen. »Und wie!« Er hatte es furchtbar eilig. Je früher sie seine Frau wurde, desto schneller konnte er seine Lippen auf ihre legen.

Riley zitterte wie Espenlaub und gab sich alle Mühe, es zu verbergen, obwohl das überhaupt nicht nötig gewesen wäre. Schließlich war sie von den Menschen umgeben, die sie am meisten liebte. Aber als Josh auf sie zukam und ihren Blick mit seinem gefangen hielt, schlug ihr das Herz bis zum Hals und weigerte sich beharrlich, sich wieder zu beruhigen. Er sah noch hinreißender aus als sonst, und das hatte nichts mit seinem dunklen Anzug und der silberfarbenen Krawatte oder der hübschen gelben Rose am Jackenaufschlag zu tun. Nein, es war die Liebe, die er ausstrahlte und die ihren Herzschlag beschleunigte, als sei sie auf Speed.

»Du siehst wunderschön aus.« Josh ergriff ihre Hände.

»Und du auch«, brachte sie mühsam hervor.

Sie wusste nicht, wie lange sie dastanden und sich in die Augen sahen, aber irgendwann begannen die Frauen zu flüstern und die Kinder kicherten. Ihr Vater räusperte sich und riss sie aus ihrer Versunkenheit.

Josh blinzelte, als erwachte er aus einem Traum. »Tut mir leid«, sagte er zu ihrem Vater, machte aber keine Anstalten, wegzugehen. Sein Blick ruhte wieder auf ihr, und er öffnete den Mund, als wollte er etwas sagen. Sie hätte schwören können, dass die Zeit stehen geblieben war, aber er schloss den Mund und küsste sie wortlos, bevor er zu Treat zurückkehrte.

»Ich denke, dein zukünftiger Ehemann ist bereit, Schätzchen«, sagte ihr Vater freundlich und bot ihr seinen Arm.

»Ja, Daddy.« Sie hakte sich bei ihm unter. »Wir sind schon so lange bereit.«

Auf wackligen Beinen ging sie über die Terrasse und betrachtete die schönen Lichter, die die hereinbrechende Nacht erhellten, und die glücklichen Gesichter der Männer und Frauen, von denen sie wusste, dass sie alles für sie tun würden. *Und für unser Baby.* Sie blieb neben ihrer Mutter stehen und eine stumme Botschaft voller Liebe ging zwischen ihnen hin und her. Riley bat ihre Mutter noch einmal wortlos um Verzeihung, weil sie ihr ihre Schwangerschaft verschwiegen hatte. Am Nachmittag, nachdem Josh sie beruhigt und das Durcheinander in ihrem Herzen besänftigt hatte, hatten sie beide lange mit ihren Freunden und Familien gesprochen und ihnen erklärt, warum sie die freudige Nachricht für sich behalten hatten. Danach war Riley erleichtert und fühlte sich sehr, sehr geliebt.

Als sie schließlich neben Josh standen, küsste ihr Vater sie auf die Wange und flüsterte: »Ich wünsche dir ein Leben lang Glück, Schätzchen.«

Tränen stiegen ihr in die Augen und sie blinzelte sie weg. *Während der Zeremonie wird nicht geweint*, ermahnte sie sich. Sie hatte an diesem Wochenende schon genug Tränen vergossen.

Ihr Vater, der Riley noch nie besonders machomäßig erschienen war, nickte Josh zu. Da war etwas an diesem Nicken, eine Ernsthaftigkeit und eine beinahe magnetische Kraft, die Respekt gebot. Seine Botschaft war klar. *Behandle mein Baby gut, sonst bekommst du es mit mir zu tun.* In diesem Moment erkannte sie, wie treffend ihre Mutter es formuliert hatte: Ihr Vater wirkte vielleicht nicht wildromantisch und maskulin, aber er war stark in allem, was wichtig war.

Sie warf ihrem zukünftigen Ehemann einen raschen Blick zu, der sie ansah, als drehte sich seine Welt nur um sie. Ihr

Vater brauchte sich keine Sorgen zu machen. So wie Josh es an dem Tag versprochen hatte, an dem er um ihre Hand angehalten hatte: Sie waren Partner in der Liebe und im Leben. Für immer.

Nach der Zeremonie und vielen herzlichen Umarmungen und guten Wünschen trugen Treat und Rex die Torte zum Tisch auf der Terrasse. Josh traute seinen Augen kaum. Die vierschichtige Torte war so schön, als käme sie aus der feinsten Konditorei. Er drückte Rileys Hand.

»Du wirst doch wohl nicht aus der Firma aussteigen und Kuchenbäckerin werden, oder?«

Sie schüttelte den Kopf und ihre Augen tanzten vor Freude. »Nein, aber ich glaube, ich weiß jetzt, wo ich wohnen möchte, und ich hoffe, das wird kein Grund für dich sein, aus unserer Ehe auszusteigen.«

»Baby, dafür wird es nie einen Grund geben. Ich weiß, dass du in New York bleiben willst.«

»Oh, wie süß!«, sagte Savannah.

Josh hatte gar nicht gemerkt, dass sie jemand hören konnte. Er warf Savannah einen kurzen Blick zu und wandte sich dann wieder seiner schönen, frisch angetrauten Frau zu, die ihn verwirrt ansah.

»Nein, Josh. Ich möchte nach Hause zurück.«

»Tatsächlich? Obwohl du meinst, dass in New York nichts von all dem passiert wäre?«

»Ja!«, sagte sie laut. »Das ist einer der Gründe, weshalb ich wieder in Weston leben möchte. Ich vermisse es, Josh. Ich vermisse meine Eltern und deine Familie und die wilden, verrückten Dinge, die passieren, wenn wir alle zusammen sind.«

Ohne zu zögern oder auch nur einen Moment nachzudenken, schloss Josh sie in die Arme und wirbelte sie begeistert herum. Die Schleppe an ihrem Kleid flatterte auf – und erfasste die Torte.

»Nein!« Treat stürzte vor, um sie aufzufangen, während Jade »Die Torte!« schrie und ebenfalls hinzusprang. Beide bekamen just in dem Augenblick eine Seite der Platte zu packen, auf der die Torte stand, als die drei obersten Schichten herunterpurzelten. »Nein!«, riefen alle wie aus einem Munde – alle außer Riley und Josh, deren Lippen in einem tiefen Kuss verschmolzen waren. Die Liebe, die ihre Herzen umfangen hielt, ließ alles andere unwichtig werden.

Als sie sich voneinander lösten, sah Riley Josh mit so viel Liebe in den Augen an, und obwohl rings um sie das Chaos tobte, wusste er, dass sie die umgestürzte Torte locker wegsteckte. Während die anderen sich bemühten, die kleinen Jungen zurückzuhalten, damit sie sich nicht auf die Tortenbrocken stürzten, die auf der Terrasse verteilt lagen, sich Gedanken um Rileys Kleid machten und immer wildere Überlegungen anstellten, was sonst noch alles schiefgehen konnte, griff Josh in seine Jackentasche und zog den Schlüssel hervor.

»Was ist das?«, fragte Riley, als er ihn in ihre Handfläche legte.

»Das ist der Schlüssel zu unserem neuen Zuhause in Weston. Deine Eltern haben sich gestern verspätet, weil die Möbelwagen aufgehalten wurden.«

»Du … Unser neues …?« Ihr tränenfeuchter Blick ging zwischen Josh und ihren Eltern hin und her. »Dort wart ihr also?«

Ihre Mutter nickte.

Ihr Vater zwinkerte und sagte: »Für euch, Schätzchen. Ihr solltet allerdings dafür sorgen, dass die Schlafzimmertüren abschließbar sind. Man weiß ja nie, ob nicht plötzlich Überraschungsbesuch auftaucht.«

Riley schnappte nach Luft. Sie warf Savannah einen raschen Blick zu, deren Wangen von flammendem Rot überzogen waren.

»Dann hast du also gar nicht geschlafen?«, fragte Riley ihrem Vater leise.

Er zuckte mit den Schultern. »Ich dachte, es wäre höflicher, so zu tun, als ob.«

Alle lachten, und ihr Vater umarmte Savannah schnell und versicherte ihr, dass er nichts gesehen habe. Dann sah Riley Charlotte, die mit Lacy und Dane plauderte. Über den Schaden, den sie angerichtet hatten, war sie mit einer wegwerfenden Bewegung hinweggegangen. Sie hatte sogar versucht, Josh den Plan auszureden, seinen Cousin Beau anzuheuern, um die Wand und alle möglichen anderen Sachen zu reparieren, die den Männern ins Auge gefallen waren. Aber Riley kannte ihren Mann und wusste, dass er sich durchsetzen würde.

Mein *Ehemann*. Sie seufzte verträumt. »Komm her, mein lieber Ehemann.« Sie schlang die Arme um seinen Hals. »Du bist wirklich der erstaunlichste Mann der Welt. Danke. Woher wusstest du, dass ich in Weston wohnen möchte?«

»Ich war mir da gar nicht so sicher. Ich wollte nur, dass du mehrere Alternativen hast und dir nicht die ganze Zeit während der Schwangerschaft den Kopf darüber zerbrichst. Das Haus ist an der Rosedale Lane, genau zwischen dem Haus deiner Eltern und der Ranch. Und auf dem Grundstück gibt es eine Remise, in der wir die Firma unterbringen können. Du kannst also deine

Modelinie wie geplant herausbringen.«

»Rosedale Lane?« Hugh hob eine Augenbraue. »Dann warst du also der Idiot, der uns das Haus vor der Nase weggeschnappt hat?«

Josh grinste seinen jüngeren Bruder an. »Tut mir leid, Brüderchen.«

»Nein, tut es nicht«, erwiderte Hugh.

»Wenn ich es dir gesagt hätte, hätte deine Frau es herausgefunden, und dann wäre es nur eine Frage der Zeit gewesen, bis es sich zu Riley herumgesprochen hätte. Schau dir dieses strahlende Lächeln an«, sagte er, streichelte Rileys Wange und machte das Lächeln noch strahlender. »Du hast recht, Hugh. Es tut mir nicht leid, verdammt noch mal.«

Hal

Hal Braden hatte aufmerksam zugehört, als sein letzter Sohn der Frau, die er verehrte, das Jawort gab, ihr ewige Liebe schwor – und dabei einen ganzen Schwall unerwarteter Gefühle in Hal auslöste. Während er nun zusah, wie sich seine Jungs gegenseitig aufzogen, genauso wie sie es immer schon getan hatten, strich eine sanfte Brise über seine Haut. Er hob den Blick und sah Hope, die zu ihm aufschaute. Seine Gedanken wurden vier Jahrzehnte zurück katapultiert, zu dem Tag, an dem er Adriana zur Frau genommen hatte. Zu den aufregenden, freudigen Sekunden, bevor sie ihr Ehegelübde ablegte. Ihre Augen hatten vor Liebe geleuchtet. Ihr dunkles kastanienbraunes Haar hatte wie eine wilde Mähne um ihr wunderschönes Gesicht getanzt, als sie näherkam, so nah, dass die Brise ihm ihren einzigartigen und verlockenden Duft zutrug. Ein Geruch, den er bis zum heutigen Tag bei jedem Windhauch in der Nase hatte. Wie damals war sein Herz auch jetzt voller Liebe, einer so ungeheuren und allumfassenden Liebe, dass er nicht wusste, wie er sie überleben sollte. Er erinnerte sich daran, wie sie vor ihrer Familie und ihren engsten Freunden auf die Zehenspitzen gegangen war und ihm ins Ohr geflüstert hatte.

Es war Adrianas süße Stimme, die Hal nun hörte, als er

inmitten von Familie und Freunden dastand, und es waren die gleichen Worte, die sie ihm vor so langer Zeit zugeraunt hatte. »In unserer Familie wird es niemals Grenzen geben, Hal Braden. Sie ist zu groß, zu großartig. Sie ist *grenzenlos*, genau wie unsere Liebe.«

Noch mehr Bradens gefällig?

Wenn dies Ihre erste Begegnung mit den Bradens ist, möchte ich Ihnen mit *Im Herzen eins – neu erzählt* den Beginn der Serie ans Herz legen, die berührende Liebesgeschichte von Treat Braden und Max Armstrong.

Die ganze Geschichte von Josh und Riley, den Roman *Freundschaft in Flammen*, finden Sie ebenfalls unter den Bänden über *Die Bradens* in Weston, Colorado. Wenn Sie gerne mehr von Charlotte Sterling lesen möchten, begegnet sie Ihnen in *Alles für die Liebe* aus der Serie *Die Bradens & Montgomerys* wieder.

Viel Lesevergnügen mit der Vorschau auf die Liebesgeschichte von Treat und Max!

Lesen Sie hier einen Auszug aus:

Melissa Foster

Im Herzen eins – neu erzählt

Die Bradens in Weston, Colorado

LOVE IN BLOOM – HERZEN IM AUFBRUCH

Eins

Normalerweise charterte Treat Braden kein Flugzeug. Seinen Reichtum zur Schau zu stellen, war nicht seine Art. Aber heute in seiner Hotelanlage in Nassau festzustecken, nachdem er den Linienflug verpasst hatte, stank ihm gewaltig. Überall auf der

Welt besaß er exklusive Resorts, die schon so oft in Reisesendungen vorgestellt worden waren, dass ihm bei dem Gedanken übel wurde, diese lächerlichen PR-Spielchen mitspielen zu müssen. Seit einiger Zeit nervte ihn dieser übertriebene Pomp, und das war vor seiner Begegnung mit Max Armstrong nie der Fall gewesen. Zu viele lange, einsame Wochen war es her, dass er sie in der Lobby seiner Hotelanlage in Nassau gesehen hatte. Zu viele Wochen, seit sein Herz zum ersten Mal so heftig getost hatte, dass es ihn vollkommen von den Socken gehauen hatte – und zu viele Wochen, seit sie einen unglaublichen Abend miteinander verbracht hatten. Treat war nicht naiv. Ihm war bewusst, dass er keine Besitzansprüche auf sie geltend machen konnte, auch nach diesem gemeinsamen Abend nicht. Mann, sie hatten ja nicht einmal miteinander geschlafen. Und doch war sein Blut in Wallung geraten, und doch hatte er sich am nächsten Morgen wie ein Arschloch benommen, als er sie mit einem anderen Mann vor dem Aufzug gesehen hatte. Denn sie hatte die gleichen Klamotten an wie an dem Abend zuvor, als Treat sich von ihr verabschiedet hatte.

Seit ihrer ersten Begegnung konnte er nicht aufhören, an Max zu denken, trotz diesem unangenehmen Zusammentreffen am Morgen, aber er hatte sich schon einmal verbrannt, und er war nicht der Typ, der Fehler wiederholte. Was er jetzt brauchte, war ein Wochenende mit seinem Vater, fern von allen Hotelanlagen, auf dessen Ranch in Weston, Colorado, einer kleinen Farmerstadt mit staubigen Straßen, zu vielen Cowboyhüten und einer Hauptstraße, die an den Wilden Westen erinnerte.

Sein gemieteter SUV kroch im Schneckentempo in einer Autoschlange dahin, die für seine Heimatstadt sehr untypisch war. Erst als er um die nächste Kurve bog und über der Straße

Ballons und Banner sah, die auf das alljährliche Indie-Filmfestival verwiesen, wurde ihm klar, was an diesem Wochenende hier los war. Er fluchte leise. Im Moment war er überhaupt nicht in der Stimmung, sich mit Menschenmengen abzugeben.

Sein Handy klingelte und der Name seiner Schwester erschien auf dem Bildschirm. Noch bevor er Hallo sagen konnte, platzte Savannah los: »Ich fass es nicht, dass du mich nicht angerufen hast, bevor du gekommen bist.«

»Hallo, Schwesterherz, ich hab dich auch vermisst.« Das einzige Mädchen unter den fünf Geschwistern war eine toughe Anwältin, die sich auf Entertainmentrecht spezialisiert hatte, aber für Treat war sie einfach nur seine kleine Schwester.

»Wann kommst du in Weston an?«

»Ich bin schon da, stehe auf der Main Street im Stau.« In den letzten fünf Minuten hatte er sich keinen Zentimeter fortbewegt.

»Ich bin mit einem Mandanten auf dem Festivalgelände. Komm doch her.«

Eigentlich wollte er im Moment nur endlich auf der achtzig Hektar großen Ranch seines Vaters außerhalb der Stadt ankommen, aber Treat wusste, dass Savannah enttäuscht wäre, würde er sich nicht sofort mit ihr treffen. Und seine Geschwister zu enttäuschen, war etwas, das er stets zu vermeiden versuchte. Nachdem sie ihre Mutter verloren hatten, als Treat erst elf Jahre alt und sein jüngster Bruder Hugh noch ein Baby gewesen war, hatten seine Geschwister schon genug Enttäuschungen in ihrem Leben hinnehmen müssen.

»Kannst du denn so einfach weg, wenn du mit einem Mandanten da bist?«, fragte er.

»Für dich doch immer! Außerdem bin ich mit Connor

Dean hier. Er kommt eine Zeit lang gut allein zurecht. Komm zum Hintereingang, ich warte da auf dich.« Connor war ein Schauspieler, der die Ruhmesleiter im Sturm emporklomm. Seit zwei Jahren war Savannah jetzt seine Anwältin, und wann immer er einen öffentlichen Auftritt hatte, begleitete sie ihn. Sie verband keine typische Anwalt-Mandant-Beziehung, aber bei allem, was Connor manchmal so Unbedachtes von sich gab, war er doch schon einige Male verleumdet worden. Savannah führte Buch über das, was bei diesen Gelegenheiten gesagt oder nicht gesagt wurde – sowohl von Connor als auch von den Medien.

»Ich komme so schnell, wie es der Verkehr erlaubt.« Er beendete das Gespräch mit Savannah und rief seinen Vater an.

»Hallo, mein Sohn.«

Hals tiefe Stimme und sein langgezogener Colorado-Akzent berührten Treat zutiefst. Er hatte ihm gefehlt. Sein Einfluss war für Treat immer schon beruhigend gewesen. Nachdem seine Mutter gestorben war, hatte sein Vater ihn und die Geschwister durch diese schwierigen Jahre manövriert. Aber Hal hatte sie nicht verwöhnt. Er hatte sie gelehrt, wie wichtig Fleiß und Loyalität waren, und damit den Grundstein für ihren beruflichen Erfolg gelegt.

»Dad, ich bin in der Stadt, aber ich würde mich vorher noch beim Festival mit Savannah treffen, wenn es dir nichts ausmacht.«

»Klar, Savannah hat schon angerufen. Sie vermisst dich, und ich denke, dir würde etwas mehr Zeit mit dem Rest der Familie auch guttun.«

Das konnte er laut sagen. Alles, solange es ihn nur von Max ablenkte.

Treat fuhr hinter einem Schwarm von Reportern, der einige Autos umgab, an das Tor heran. Er ließ sein Fenster herunter, und eine Woge von Geschrei und Rufen kam ihm entgegen, in der nichts zu verstehen war. Es war offensichtlich, dass hier in nächster Zukunft niemand irgendwohin gelangte. Er fuhr auf den Parkplatz jenseits des Zauns und beschloss, zu Fuß auf das Gelände zu gehen, Savannah kurz Hallo zu sagen und ihr mitzuteilen, dass er sie später auf der Ranch ihres Vaters sehen würde. Sich mit dieser Art von Chaos auseinanderzusetzen, war das Letzte, was er im Moment gebrauchen konnte.

Er hörte die Stimme seiner Schwester und suchte die Menge ab. Wenn irgendjemand ihr das Leben schwer machen sollte, würde er ihm schon die Meinung sagen. Savannah ragte mit dem Oberkörper aus dem Sonnendach einer Limousine heraus und rief irgendetwas, während die Presse Connor durch die leicht geöffnete, getönte Scheibe hindurch mit Fragen löcherte.

Treat lehnte sich ans Tor, die Füße überkreuzt, und beobachtete seine Schwester in Aktion. Ihre langen rotbraunen Haare leuchteten feurig neben ihren ernsthaften grünbraunen Augen. Sie hatte das hitzige Temperament ihrer Mutter und war auch die Einzige, die ihre Haarfarbe geerbt hatte, während er und seine Brüder nach ihrem dunkelhaarigen Vater kamen.

Savannahs Blick fiel in seine Richtung, und ihr wütender Gesichtsausdruck wich einem freudigen Lächeln, während sie so behände über das Sonnendach aus dem Auto kletterte, als wäre sie eine professionelle Bergsteigerin.

In vollem Beschützermodus bahnte Treat sich den Weg zu seiner Schwester. Sie war hart im Nehmen, aber in dieser drängelnden Medienmeute konnte sie leicht verletzt werden. Er pflügte sich durch die Menge. Seine knapp zwei Meter große Gestalt forderte automatisch mehr Platz ein und so teilte sich das Meer von Paparazzi für ihn. Die wenigen, die sich ihm weiterhin in den Weg stellten, überzeugte er behutsam mit einem gebieterischen Blick. Dieser Blick war schon nützlich gewesen, als Savannah noch ein Teenager war und er und seine Brüder unzählige Stunden damit verbracht hatten, liebestolle Jungs von ihrer kostbaren Schwester fernzuhalten.

Vom Autodach sprang Savannah in seine Arme. Er wirbelte sie herum, und als er sie schließlich absetzte, fiel sein Blick auf eine Frau, die vor der Autoschlange stand und mit dem Armen wedelte. Ihre dunklen Haare waren zu einem Zopf zusammengebunden und auf der kecken Nase saß eine Brille mit rotem Gestell. Sie sah kämpferisch aus und war wunderschön. Treat stockte der Atem: *Max.*

Max Armstrong stand winkend neben ihrem Auto und versuchte, Kontrolle über den Trubel zu gewinnen. Chaz Crew, ihr Chef und Gründer des Indie-Filmfestivals, hatte die Veranstaltung in den letzten Jahren so bekannt gemacht, dass sie mehr als vierzigtausend Besucher erwarteten. Das Festivalgelände erstreckte sich über vierzig Hektar, nur wenige Straßen von der Main Street entfernt, und konnte mit fünf neuen Kinos aufwarten. Außerdem gab es dort Restaurants, Souvenirläden und ein Luxushotel. Die Hotels in den Nachbarorten waren schon ein Jahr im Voraus ausgebucht. Aber ob zwanzigtausend oder fünfzigtausend Besucher – Max war bereit. Seit fast acht Jahren kümmerte sie sich um das Sponsoring und die Logistik des Festivals, und es gab nichts, was sie aus der Ruhe bringen konnte. Nicht einmal das Gerangel zwischen der Entourage des aktuellen Stars und den Pressevertretern, das sich gerade zu einem riesigen Chaos entwickelte.

Fotografen belagerten die Limousine von Connor Dean und die zwei Begleit-SUVs. Max hätte wissen müssen, dass es dazu kommen würde. Connor Dean stammte von hier und hatte es als Schauspieler zum Millionär gebracht. Sein Promistatus war raketenartig angestiegen, seit sie ihn vor zehn Monaten gebucht hatten. Irrtümlicherweise war sie davon ausgegangen, dass Sicherheitsleute im Hulk-Format den kleinen Tumult im Griff hätten. Stattdessen wurden Rufe und Drohungen ausgeteilt wie Bonbons für Kinder und niemand kam auch nur einen Zentimeter weiter. *Was zum Henker macht diese Frau da, die mit ihrem Oberkörper aus dem Sonnendach der Limo herausragt? Und was schreit sie da? Irgendeinen Juristenkram?*

Was soll's. Es wurde Zeit für Plan B. Sie kletterte auf das Dach ihres Autos, das sie strategisch günstig vor dem ersten SUV abgestellt hatte. Und genau aus diesem Grund trug sie eine Jeans und ihr übliches Festival-T-Shirt. Weil auf Festivals nun mal Verrücktes passierte und Ungewöhnliches erforderlich wurde.

Sie legte einen Schalter auf dem Steuerfeld an ihrem Gürtel um und verband ihr Headset so mit dem Lautsprecher über dem Tor. »Okay, die Show ist vorbei«, dröhnte Max' Stimme aus den Lautsprechern. »Wir sollten etwas Platz schaffen, damit Mr. Dean durchfahren kann. Nach seinem Auftritt wird er Autogramme geben und Fragen beantworten.« Während ihr Blick über das Gedränge glitt, fiel ihr ein Mann auf, der – mit einer hinreißenden Frau im Arm – aus der Menge ragte. Er wirbelte die Frau herum und Max sah sein Gesicht.

Sie erstarrte.

Treat?

Ihr Puls raste, und die Schmetterlinge, die sie vor Wochen

vermeintlich ausgerottet hatte, stoben in ihrem Bauch rachsüchtig und quicklebendig auf. Über Monate hinweg hatte sie gemeinsam mit Treats Assistentin Scarlett die Doppelhochzeit von Chaz geplant, die in Treats Hotelanlage in Nassau stattgefunden hatte. Der zweite Bräutigam war Treats Cousin Blake Carter gewesen. Mit Treat hatte sie so oft übers Telefon Kontakt gehabt, dass er zum Gegenstand ihrer nächtlichen Fantasien geworden war. Doch nicht einmal ihre kühnsten Träume hatten sie auf die Begegnung mit dem unfassbar großen, dunkelhaarigen, schönen Gott namens Treat Braden vorbereitet, der mit seiner verführerischen Stimme und der so was von männlichen Ausstrahlung für einen Adrenalinausstoß sondergleichen und nie dagewesenes Herzrasen gesorgt hatte. Sie hatte sich für unerschütterlich gehalten, aber Treat hatte ihr gezeigt, wie falsch sie damit lag.

Ihr ganzer Körper wurde von einer Hitzewelle erfasst, wenn sie nur an den zauberhaften Abend dachte, den sie eng umschlungen miteinander verbracht hatten. Noch immer fühlte sie seine erwartungsvolle Erregung, die sich beim Tanzen an sie gedrückt hatte, noch immer spürte sie seine warmen, sinnlichen Lippen, und noch immer hatte sie vor Augen, wie er sie angesehen hatte, als sei sie die einzige Frau auf Erden. Er hatte sie nicht einmal bedrängt, als sie nach vielen Stunden, die sie mit Tanzen, einem Strandspaziergang und innigen Küssen verbracht hatten, sein Angebot abgelehnt hatte, ihn auf seine Suite zu begleiten und den Abend bis in den Morgen zu verlängern. Als sie ihn nun sah, konnte sie diesen unglaublich romantischen, umsichtigen Mann kaum mit dem arroganten Kerl in Einklang bringen, der sie am nächsten Morgen so niederträchtig behandelt hatte. Okay, sie hatte dieselben Klamotten getragen wie am Abend zuvor, und ja, sie hatte den restlichen Abend mit einem Mann namens Justin verbracht, aber Treats Annahme über das, was sie getan hatten, machte sie stinksauer. Und der Blick, mit dem er sie bedacht hatte, erinnerte sie zu sehr an die schmerzhafte Beziehung, der sie vor Jahren entronnen war. Sie hatte ihm einfach nicht hinterherrennen und alles erklären können. Sie hatte das Recht zu tun, was sie wollte und mit wem sie wollte, ohne dass man über sie urteilte. Auch wenn sie überhaupt nichts getan hatte.

Es sollte ihr eigentlich egal sein, was er dachte.

Aber das war es nicht, und das tat weh, denn dieser grauenvolle Blick, den er ihr zugeworfen hatte, stand in einem krassen Widerspruch zu den tadellosen Manieren, die er ansonsten an den Tag gelegt hatte. Wenn er Türen aufgehalten hatte, wenn er an ihre Bedürfnisse oder die der anderen Gäste gedacht hatte, bevor er an sich selbst dachte, wenn er immer wieder dafür gesorgt hatte, dass sich um jedes Detail der Hochzeit seines Cousins gekümmert wurde. Nach nur wenigen Stunden in seiner Gegenwart hatte sie sich heftig in Treat verknallt. Aber Max wusste, dass sie sich durch solche Gefühle nicht von ihrem Entschluss abbringen lassen sollte. Sie war von einem Ex-Freund mies behandelt, erniedrigt und beleidigt worden, und sie hatte sich geschworen, sich nie wieder auf so etwas einzulassen – nicht einmal für diesen ach so sexy Treat Braden.

Sie verlor fast das Gleichgewicht. Einer der Mitarbeiter vom Sicherheitsdienst konnte sie gerade noch festhalten.

»Max! Alles in Ordnung?«

Die Stimme des Securitymannes brachte sie zurück zu dem drohenden Chaos. Sie riss ihren Blick von Treat und dieser Frau los, die er in den Armen hielt, als sei sie das Wertvollste auf der Welt für ihn, und versuchte, den unerwarteten schmerzhaften

Stich zu ignorieren, der sie durchfahren hatte.

»Machen Sie den Weg frei oder Sie werden für den Rest des Festivals des Geländes verwiesen.« Sogar sie selbst hörte den Unterschied, die Schwäche in ihrer Stimme. Ihr Blick ging unwillkürlich zurück zu Treat, der sie ungläubig anstarrte. Plötzlich wurde ihr schmerzhaft bewusst, dass sie Jeans und T-Shirt trug, die Haare zu einem Pferdeschwanz gebunden hatte und wahrscheinlich wie eine Irre auf einem Autodach wirkte. Schnell kletterte sie vom Wagen, während die Menge überraschenderweise ihren Anordnungen folgte und sich auflöste. Die Androhung einer Räumung funktionierte meistens.

Sie schaltete sich aus der Lautsprecheranlage heraus und suchte nach ihren Schlüsseln. Treat kam auf sie zu, aber nachdem er sie damals so angesehen hatte, wollte sie – konnte sie – auf keinen Fall mit ihm sprechen.

»Max!«, rief er.

Seine sonore Stimme reichte aus, dass sich in ihr alles schmerzhaft zusammenzog. Leise fluchend ließ sie den Motor an und fuhr vorsichtig durch die Menge. Sie schaute in den Rückspiegel. In seinem dunklen Anzug stand Treat da und sah ihr nach, während seine schöne Begleitung ihn verwirrt betrachtete. Zitternd klammerte Max sich ans Lenkrad und fuhr davon.

Ende des Auszugs

Wenn Ihnen die Vorschau gefallen hat, können Sie ***Im Herzen eins – neu erzählt*** erwerben und gleich weiterlesen!

Neu bei Love in Bloom – Herzen im Aufbruch?

Die Reihe *Love in Bloom – Herzen im Aufbruch* besteht aus einzelnen Serien, bei denen jeweils eine Familie im Mittelpunkt steht. Viele Familienmitglieder tauchen auch in den Romanen anderer Serien auf. Alle Bücher der Reihe bieten nicht nur als Teil der Serie, sondern ebenso für sich gelesen ein prickelndes Lesevergnügen.
www.MelissaFoster.com/Herzen-im-Aufbruch

Auf meiner Seite mit »Reader Goodies« finden Sie außerdem einige Extras wie Familienstammbäume, Checklisten für die verschiedenen Serien, die empfohlene Lesereihenfolge und weitere Hintergrundinformationen (in englischer Sprache):
www.MelissaFoster.com/reader-goodies

Die Bradens (Peaceful Harbor)

Geheilte Herzen
Voller Einsatz für die Liebe
Liebe gegen den Strom
Vereinte Herzen
Melodie der Liebe
Wilde Herzen

Bisher erschienen in englischer Sprache/bald auf Deutsch:

The Remingtons

Spiel der Herzen
Im Dschungel der Liebe
Herzen in Flammen
Herzen im Schnee
Liebe zwischen den Zeilen

The Bradens & Montgomerys (Pleasant Hill and Oak Falls)

Embracing her Heart
Anything for Love
Trails of Love

Entdecken Sie Melissa Fosters Bücher auch auf:
www.melissafoster.com/herzen-im-aufbruch